お金は賭けないっ

いつもはやわらかな乳首が、今はきゅっと皺を寄せて尖っている。狩納の指の腹に乳輪を挟まれると、そこがいかに硬くなっているのかまざまざと教えられた。

お金《かね》は賭《か》けないっ

篠《しの》崎《ざき》一《ひと》夜《よ》

ILLUSTRATION
香《こう》坂《さか》 透《とおる》

CONTENTS

お金は賭けないっ

お金は賭けないっ

何故《なぜ》、こんなことになったのか。

込み上げる疑問に、綾瀬雪弥《あやせゆきや》は茫然《ぼうぜん》と瞬《またた》いた。

しかし何度睫《まつげ》を上下させたところで、目の前の現実に変わりはない。

大きな手が、華奢《きゃしゃ》な足首をくるんでいた。

正確には革靴《かわぐつ》に包まれた綾瀬の足を、男が自らの膝に載せていた。押し戴《いただ》いていると言っても、過言ではない。

やめて下さい、こんなこと。どんなに懇願《こんがん》しても、無駄だった。

節《ふし》の高い男の指が、腿《もも》に載せた靴の紐《ひも》を器用に結ぶ。きゅっと締めつける力に、ちいさな息がもれた。絨毯《じゅうたん》敷きの床に跪《ひざまず》いたまま、狩納北《かのうきたむく》が鋭利な双眸《そうぼう》を上げる。

いつもは、はるか頭上に仰《あお》ぎ見る眼《め》だ。それが今は、低い位置から自分を見上げていた。

「きつくはございませんか、ご主人様」

男らしい唇が、恭《うやうや》しく尋ねる。

何故、こんなことになったのか。

膝頭へとキスを贈られながら、綾瀬は数日前の自分自身を深く呪った。


「十億ドルだってよ」

事務所の椅子《いす》に体を預け、本田宗一郎《ほんだそういちろう》が唸《うな》った。

眼光の鋭い本田がそんな声を出すと、どんな単語でさえ不穏《ふおん》なものに聞こえる。

「宝くじ、ですか」

男の手元に視線を落とし、綾瀬もまた嘆息《たんそく》をもらした。

うつむいた白い額に、するりと一房髪がこぼれる。さらさらとくせのない、やわらかな髪だ。染めてもいないのに、それは明るい飴色《あめいろ》をしていた。まるで髪の内側に、ほのかな光が宿っているかのようだ。

髪だけでなく、綾瀬は肌や瞳、長い睫に至るまではっとするほどに色素が薄かった。陶器のような頬の色が、少女めいた綾瀬の容貌《ようぼう》をより繊細《せんさい》なものに見せている。

「日本じゃ最高額で、十億円くらいだもんな。海外のくじはすげえなあ」

本田の言葉通り、広げられた雑誌の誌面には一面銀色の紙吹雪《ふぶき》が舞っていた。その壇上で掲げられている小切手は、一見しただけでは記された数字の桁《けた》を読み取ることが難しいほどだ。

いや、この事務所に勤める人間であれば、簡単なことなのだろうか。

本田へと湯呑《ゆの》みを差し出し、綾瀬は広い事務所を見回した。綾瀬がアルバイトとして勤務させてもらっているのは、所謂街金《いわゆるまちきん》と呼ばれる金融会社だ。

その事務所の椅子に座る本田は、この帝都《ていと》金融の従業員でもなければ客でもない。男の本業は、車の整備や販売に関わるものだ。今日はそうした仕事絡みの用件で、ここに呼び出されたらしい。担当者の手が空くのを待つ間、勝手知ったるとばかりに本田は持ち込んだ雑誌を開いていた。

「十億円だって十分大金ですよ。俺は千円だって当たる気がしません」

呻《うめ》いた綾瀬を、本田が不思議そうに見上げる。

「そんなことねえだろ綾瀬君。染矢《そめや》んとこの店で配った宝くじ、綾瀬君に買ってもらった時だけ莫迦《ばか》当たりしたって聞い…っ、いてッ」

言葉が終わらないうちに、なにかが恐ろしい音を立てて本田にぶち当たった。弾丸のような速さで飛んできた、消しゴムだ。

本田の額を見事に打ち抜いたそれが、勢いを殺さないまま近くの棚にぶつかる。がん、と鈍い音を立て、硝子《ガラス》製の扉に罅《ひび》が走った。

「だ、大丈夫ですか、本田さん」

慌てて覗《のぞ》き込むが、当の本田は痛そうな顔一つしていない。見れば斜め向かいの席で電話に応対していた久芳誉《くばほまれ》が、眦を吊り上げて本田を睨《ね》めつけていた。

久芳は、この事務所に古くから勤務する従業員の一人だ。いつも冷静で、大きな声を上げる姿などほとんど見たことがない。表情を変えることさえ稀《まれ》な男が、こんな険しい目で誰かを見るなど珍しいことだ。

しかし聞くところによると、久芳と本田は学生時代からのつき合いらしい。親しい本田の前では、久芳もいつも以上に人間らしい表情を見せるのだろうか。

「平気だ綾瀬君。…で、くじが当たんねーって話だったか？」

「ほ、本当に怪我はありませんか…？　あの、莫迦当たりだなんてのは、染矢さんが大袈裟《おおげさ》に言って下さってるだけですよ」

尚も心配する綾瀬に、本田が大丈夫だと手を振ってみせる。

話題に上った染矢というのは、この新宿《しんじゅく》でオカマバーを経営する青年のことだ。

確かに本田が言う通り、染矢につき合い宝くじを買いに行ったことがあった。購入した何枚かが当たっていたらしいが、あの時はまとまった枚数を買ったのだ。当たりくじが混じっていても、それは確率の問題なのではないか。

それよりも、綾瀬は本田の口から染矢の名前が出たことに驚いていた。二人は、知り合いだったのか。染矢の顔の広さを思えば、それもあり得ることかもしれない。

「…綾瀬君がそう言うならそーかも知れねえが…。なんにしろ十億円っても、案外目の前に積まれたらあっという間になくなっちまうかもしれねえなあ」

消しゴムが直撃した頭を撫で、本田が雑誌の頁《ページ》を捲《めく》る。

余程丈夫にできているのか、男はやはり少しも痛そうな素振りを見せなかった。やわらかな消しゴムとはいえ、あんな速度で飛んできたのだ。穴が開いても不思議なさそうに思えるが、本田は血を流すどころかけろりとしている。その様子に胸を撫で下ろし、綾瀬は雑誌へと目を落とした。

「高そうな車ばっかりですもんね」

本田が持ち込んでいたのは、車に関する専門誌らしい。派手な誌面には、見るからに高価そうな車ばかりが並んでいる。

「十億円あればばかっけークラシックカー買って、金の心配しねえで修理やカスタムしまくるのもいいよな」

「そうだ。本田さん、染矢さんの車をカスタムされたことがあったんでしたっけ？」

そう言えば、そんな話を聞いた気がする。唐突《とうとつ》に思い出した綾瀬に、本田が頷《うなず》いた。

「おう。我ながらあれは会心のできだったたな」

本田がそう言うのだから、きっと素晴らしい仕上がりだったのだろう。染矢は愛車が別人になって戻ってきたが如く激怒していた気がするが、性能や使い勝手が目に見えて向上した点に関しては悔しがりながらも認めている様子だった。

「毎回染矢んとこの車みてぇにバシっと決まれば気分がいいんだけどよ。なかなか上手くいかねーもんだぜ」

腕を組んだ本田が、苦々しく唸る。そうした表情を作ると、ただでさえ剣呑《けんのん》な男の容貌はより一層凄味を増した。面構《つら》えだけを問題にするなら、絶対に人気《ひとけ》のない道では擦れ違いたくない類《たぐい》のものだ。

だがそうした外見に反し、本田が並外れて善良な男であることを綾瀬はよく知っていた。

「本田さんでも、苦戦されることがあるんですか？」

「たりめーだろ。今も一台ダチの車を預かってるんだけどよ。なんつーかこいつが慎重つうか色々迷ってやがって。最終的には俺に任せるって話になりそうなんだがよ」

「そうなんですか…。きっとそのカスタムにも、たくさんお金がかかるんでしょうね」

車を持たない綾瀬には、それに関わるものの値段がよく分からない。だが誌面を飾る車たちの格好よさを思えば、それらが当然高額だろうことは想像できた。

「さすがに十億円はしねえがな。古い車直すのもいいが、十億あれば、やっぱ最新型のスーパーカーを……」

真剣に雑誌を睨《にら》んでいた本田が、不意に顔を上げる。来客の気配を感じたのだろうか。戸口を振り返った男の視線を追いかけ、綾瀬もまた顔を上げた。

しかし事務所の扉は閉ざされたまま、静まり返っている。不思議に思い視線を戻そうとしたその時、扉が開いた。

「染矢さん……！」

すらりとした人影が、事務所の入り口をくぐってくる。

たった今話題に上っていた、染矢だ。

真っ赤な着物を身に着けた染矢は、まるで大輪の牡丹《ぼたん》を思わせる。ただそこに立つだけで、部屋の空気が華やぐようだ。黒髪を長く垂《た》らした染矢は、今日は頭に鍔《つば》の広い帽子《ぼうし》を載せている。半《なか》ばその美貌を隠していてさえ、彼女は輝くようにうつくしかった。

いらっしゃい、と声をかけようとした綾瀬の真横で、絶叫が爆《は》ぜる。

「…結婚式だッッ！」

何事かと振り返ったその先で、本田がかっと目を見開いて染矢を凝視していた。

「俺が間違ってた！　車なんぞ買ってる場合じゃねえ！　十億ありゃあまずはド派手な結婚式だッ」

受話器を手にしていた久芳までもが、ぎょっとして本田を見る。動けずにいる綾瀬を、爛々《らんらん》と光る本田の目が振り返った。

「俺としたことが一生の不覚だぜ、綾瀬君。指輪だとか新婚旅行つーか海外渡航費用だとかについてはマジ検討してたつもりだけどよ、式に関してはちょっとばかり甘く見てたかもしれねえ。十億あるならここは一発、一族郎党世話になった野郎ども根刮《ねこそ》ぎ招いて、きっちり結婚披露宴《ひろうえん》を開く軍資金にするってのが正解ってやつだろう!?」

「……本田さん、ご結婚されるんですか？」

男の気迫に圧倒され、声にできたのはそれだけだ。だが実際、一番の疑問でもある。茫然と尋ねた綾瀬に、本田は迷うことなく頷いた。

「おうよ。明日にでも、と言いてえとこだが、そこは相手の都合もあるしな。それでもいつどんなタイミングでゴーサイン出してもらってもエンジン全開でキメられるよう、準備をがっちりざっちり整えてる最中だぜ」

「すごいですね…！　そんなに真剣に想ってもらえるなんて、相手の方は嬉しすぎて泣いちゃうんじゃないですか」

「……別の意味で泣くんじゃないのかしら」

地を這《は》うような声が、頭上から降る。

気がつけば事務所を横切った染矢が、目の前に立っていた。遠目にもそれと分かる美人だが、間近で見るとその美貌に気圧《けお》されてしまう。形のよい顎《あご》を持ち上げた染矢が、尚も熱弁を振るおうとする本田を睥睨《へいげい》した。

「決めたぜ染矢！　十億円なんてみみっちいことは言わねえ。ここはクラッシュ覚悟で十億ドル狙《ねら》うのが男ってもんだ」

「頭がもう十分クラッシュしてることはよく分かった。言っとくけど、日本国内で、海外の宝くじを買うのは違法だから」

染矢の口から放たれた、男性的な物言いにまず驚く。

続いて本田の言葉を最後まで聞かず、しなやかな腕が男の首根っこを摑《つか》んだ。この細腕のどこに、そんな力があったのか。ぐっと引き上げられ、本田が抵抗もせず席を立つ。よろめきながら出口へと引き摺《ず》られた男に、電話を終えた久芳が書類を握らせた。

「そ、染矢さん…！」

慌《あわ》てて後を追おうとした綾瀬を、染矢が肩越しに振り返る。いつもと同じ笑顔でにっこりと手を振られれば、それ以上は追い縋《すが》れない。

大丈夫なのだろうか。誰に対しても人当たりのよい染矢があんな顔をするところなど、初めて見た。

「やっと騒がしいのがいなくなりましたね」

二人が消えた戸口を見遣り、久芳が肩を竦《すく》める。心配する必要などないと言外に教えられ、綾瀬は怖ず怖ずと肩の力を解いた。

「…確かに、本田さんだったら、本当に十億ドルとか当ててしまえそうですね」

どこにいても堂々と気後れしない本田には、なにが起きても不思議のない空気がある。開かれたまま残されていた雑誌に目を落とし、綾瀬は細い息を吐いた。

十億ドル。

改めて考えてみても、全く想像のつかない金額だ。

「十億ドル…。すごい数字ですよね。俺も買ってみようかな、宝くじ」

日本から海外のくじを買うことはできないと、染矢は言っていた。だがどうせなら、夢は大きく十億円より十億ドルの方がいい。

買えないからこそ、気楽に口にできただけだろう。何気なく声にした次の瞬間、綾瀬は視界が翳《かげ》るのを覚えた。

明かりが、切れたのだろうか。

不思議に思って頭上を振り仰ぎ、ぎょっとする。

濃い影が、落ちていた。ぞっとするほど大きく、重さすら感じさせる影だ。

狩納さん、と声にするはずだった声が、喉の奥に引っかかる。

「駄目だ」

斬《き》りつけるように、断言された。

身動き一つできない綾瀬を、鋭利な眼光が見下ろしている。底光る双眸は、見上げる者をふるえさせずにはおかないものだ。同じ鋭さであっても、本田のそれとは全く違う。根が真面目な本田の眼つきと比べるまでもなく、狩納の双眸には直接的な暴力を連想させる凄味があった。それでいて決して失われることのない冷静さが、男の眼をより酷薄なものに見せるのだ。

「狩…」

立ちつくす綾瀬を、逞《たくま》しい腕が一抱えにする。あ、と思った時にはすでに事務所を横切り、社長室の扉が開かれていた。言うまでもなく、この部屋の主は狩納自身だ。

「いいか綾瀬、ギャンブルなんかに手ェ出したら人生終わりだ。もう二度とまともな生活には戻れねえ」

低い声で、断言される。

まともな、生活。

それは巨額の借金を抱えることもなく、その借財の形に金融業者と肉体関係を持ったりしない生活のことか。あるいはそもそも、従兄《いとこ》の借金の形《かた》に競売にかけられないような生活のことかもしれない。

恥ずかしい話だが、綾瀬は十億円以上の借財を抱える身だ。その上で現在は貸し主である狩納と生活を共にし、アルバイトの世話までしてもらっている。果たしてこれ以上、踏み外す道などあるだろうか。そう疑われても仕方のない綾瀬にさえ、賭《か》け事が有害なものであることはよく分かった。

ごく、と喉を鳴らした痩軀《そうく》を、狩納が床に降ろす。

「仮に一度、ビギナーズラックで勝てたとする。だがそこまでだ。一度手を出しちまえば勝とうが負けようが、結果は同じ。坂道を転げ落ちて真っ逆様、泥沼だ。その気になれば簡単に足抜けできると思ってやがるだろ？　そうはいかねえ。ずるずる沈み込んで、泣こうが喚こうが廃人になるまでしゃぶられる。骨までぼろぼろにされて人生終了だ」

「そ、そこまで…!?」

驚きの声を上げた綾瀬を、ぎろりと男が見下ろした。

抽出《ひきだし》からなにかを取り出した狩納が、空と思《おぼ》しき湯呑みを引き寄せる。

「信じられねえのか？　いいぜ。決めた。まかり間違ってもお前が悪ィもんに引っかからねえよう…」

重々しく顎を引いた男が、手にしたものを湯呑みへと放り込んだ。

それが、なにか。確かめるより早く、どんっ、と音を立て、目の前に湯呑みを伏せられた。

「俺が博打《ばくち》の怖さってやつを叩き込んでやる…！」

突きつけられた湯呑みを、まじまじと見下ろす。動けずにいる綾瀬に、狩納が形のよい顎をしゃくった。

「半だ」

「な、なにがですか？」

「丁が偶数で、半が奇数だ」

言葉の意味が分からず、男を見る。

「俺は奇数で、半だ。お前は？」

お前は、と尋ねられ、自分もまた判断を迫られていることに初めて気がついた。

「え？　あ…、俺、じゃあ、は、半…？」

「二人とも同じじゃ、勝負になんねえだろう」

言われてみれば、その通りだ。喘《あえ》ぐように息を吸い、机に伏せられた湯呑みを見る。

「そう、ですよね。だったら…丁？」

勝負という言葉に急《せ》かされ、綾瀬は一つだけ残された選択肢《し》に従った。狩納も、それに満足したらしい。頷いた男が、伏せていた湯呑みを持ち上げる。

「二と五…。この合計が、奇数か偶数かってことですか？」

湯呑みの下から現れたのは、二つの賽子《さいころ》だ。

黒い点で示された数字が、机に並んでいる。

「おう。合計は七で奇数。半だから俺の勝ちだな」

すぐに頭に浮かんだのは、時代劇での一場面だ。白い晒《さら》しが敷かれた賭場《とば》で、男たちが丁か半かとやり合うあれだった。

「時代劇に出てくるのって、こういう意味だったんですね」

ようやく、合点《がてん》がいく。丁と半、その言葉の意味さえよく知らなかった。勉強になったが、しかし丁を選んだ自分は負けてしまったということだ。悔しいというより、やはり賭博《とばく》は自分に向いていないのだと、残念に思う。

「意外に単純なルールで、驚きました。でもだから余計に危ないのかもしれませんね。時代劇でも、博打で身を持ち崩す人ってたくさん出てきますし…。俺も、真面目《まじめ》に頑張ろうと思います。そうだ狩納さん、コーヒー飲まれますか？」

色々な意味で、ためになった。役目を終えた湯呑みに、綾瀬が手を伸ばす。給湯室へと向かおうとしたその腕を、力強い手が摑み取った。

「どこ行く気だ。お前は俺に負けたんだろ？」

「え？」

確かに自分は、狩納との勝負に負けた。だがそれは、賭博の難しさを教えてくれるための実演にすぎなかったのではないか。

驚く綾瀬を、頑丈《がんじょう》な腕が引き寄せた。

「狩…」

大きく屈《かが》み込んだ男の鼻先が、鼻に当たる。すり、と動物みたいに擦り合わされ、驚きに声がもれた。半開きになった唇に、笑う形のまま男の口が重なってくる。

「ちょ、狩納さ、なに、やって…」

両腕を伸ばして距離を取ろうにも、逞しい狩納の体は重い。逆に引き寄せられ、机に尻を引っかけた男の足の間に抱え込まれた。

「賭けに勝ったんだからな。俺のもんを好きにしてなにが悪い」

不思議そうに首を傾けた狩納が、べろりと唇を舐《な》めてくる。

「な…。だって、さっきのは、本当の賭け事じゃ…」

「甘ぇぞ綾瀬。賭けに乗った時点で、なかったことにはできねえ。これも賭博の恐ろしいところだ、よく覚えておけ。でも安心していいぜ。ただでさえ借金が残ってるお前から、これ以上金を絞るほど俺は鬼じゃねえ。賭けの負けは、別のもんで払わせてやる」

この状態で、なにを安心しろと言うのだ。悪い予感以外なにもない。案の定、にや、と男が笑った。

「体でいいぜ」

駄目だ。全然よくない。

叫ぼうとした唇を、今度は噛《か》みつくように塞《ふさ》がれた。そうするのが当然と言わんばかりに、唇の形に添ってねろりと舌で舐められる。

「…っ」

「二度と興味を持たなくなるまで、博打ってものがどんなにハイリスクか、その怖さを徹底的に教えてやる。体にな」

男の唇が、自分の唾液《だえき》でてらつく唇を吸った。ちゅっと鳴った音は愛らしかったが、突きつけられた言葉は全く可愛《かわい》くなどない。ぶるっと、背筋が冷える。こうした場合、狩納が軽口ですませる男でないことを綾瀬は経験上嫌《いや》というほど知っていた。

「わ、分かりましたからっ。もう十分、分か……」

「へえ」

眉《まゆ》を上げた男が、綾瀬の背中を撫《な》で上げる。そのまま後頭部を包んだ手に、くしゃりとやわらかな髪を絡められた。

「だったらこいつがどんな状況かも、よく分かってやがるよな？」

ぐ、と髪を摑んで引かれると、必然的に顎が上がる。

鼻が当たる近さから覗き込まれるのは、首筋に刃物を突きつけられるにも等しい。ひく、と喉仏が上下して、口内が干上がるのが分かった。

肉食獣に牙を立てられる瞬間の獲物は、こんな気分なのだろうか。怖くて瞬《また》きさえできない綾瀬の眦《まなじり》へ、狩納があたたかな唇を落とした。

「咥《くわ》えろ」

短く、命じられる。

なにを、と問おうとは思わなかった。揺れた視線が、互いの体の間に落ちてしまう。それが正解だと教えるように、腰を揺すられた。

「ひ…」

二本の腕で抱き寄せられ、顳顬《こめかみ》や顎先、肩口に口づけを落とされる。抱えられ、キスをされるたびに視界が下がった。

頑丈な膝に挟《はさ》まれた綾瀬に、逃げ場はない。導かれるまま床に膝を折ると、最後に額《ひたい》へと口づけを与えられた。

「手を使ってもいいぜ」

言葉ばかりは寛大に、促《うなが》される。

鼻先が埋まるほど近くに、男の股座《またぐら》があった。みっちりと筋肉で覆われた大腿《だいたい》が、肩や顳顬に触れている。早くしろ、と言うように膝を揺すられ、綾瀬は覚悟を決めざるを得なかった。

これは、冗談などではない。拒めば、男は今以上の行為で賭けの恐さというものを教えようとするだろう。

細い喉を鳴らし、綾瀬は怖《お》ず怖《お》ずと両手を持ち上げた。

足取りどころか、視線すら重い。

寝室の扉を見上げ、綾瀬は込み上げる溜め息を呑み込んだ。寝間着に包まれた体を縮めて、往生際悪く廊下を振り返る。

そういえば、まだ冷蔵庫のなかの清掃が完璧ではないのではないか。全ての棚《たな》を取り外して磨《みが》き上げれば、一時間くらいはかかるだろう。あるいは換気扇《かんきせん》を取り外し、昨夜《ゆうべ》よりも入念に磨いてもいい。

思い巡らせ、綾瀬は薄い唇を引き結んだ。

どちらも有益に思えるが、しかしその一時間を稼げるかどうか怪しくも思う。狩納が業《ごう》を煮やせば、それまでなのだ。

大きく息を吸い、綾瀬はそっと寝室の扉に手をかけた。磨き上げられた建具《たてぐ》は、見るからに高価そうだ。事実、高価なのだろう。寝室の扉に限らず、それはこのマンションの全てにおいて言えることだ。綾瀬が一人で暮らしてきたアパートとは、まるで違う。だが狩納が所有するこの部屋が、今の綾瀬の住まいだった。

意を決し、艶やかな把手《ドアノブ》を握る。開いた扉の隙間から体を滑り込ませると、軽やかな音が耳に届いた。

ちんちろりん。

遊戯《ゆうぎ》に付随《ふずい》する音がそのまま名称になるなど、風雅なことではないか。現実逃避的にそんなことを考えてみるが、状況を変える手助けにはならなかった。

大きすぎるほどに大きな寝台が、部屋の中央に据《す》えられている。綾瀬自身の手で整えられたそこには、胡座《あぐら》を組んだ男がいた。大柄《おおがら》な、男だ。先に風呂をすませた狩納は、寝間着の釦《ぼたん》さえ留めていない。無造作に開かれた寝間着の向こうに、分厚《ぶあつ》い胸板と腹筋とが見て取れた。引き締まった体つきは、羨望《せんぼう》せずにはいられないものだ。だが今夜はその力強さより、寝台に置かれたものたちにこそ目を引きつけられた。

「どれがいい」

以前にも、こんな声で尋ねられたことがあった気がする。その時寝台に並べられていたのは、今目の前にある賽子やカード、花札やボードゲームなどではなかった。もっと猥褻《わいせつ》で、目を背《そむ》けたくなるような玩具《がんぐ》たちだ。あれに比べれば、所狭しと広げられたカードたちの方がましなのだろうか。そうだとしても、重く胃に伸しかかる重圧はあの時とまるで変わりなかった。

「…もう勘弁《かんべん》して下さい、狩納さん。博打の恐ろしさは、十分に分かりましたから…」

床に蹲《うずくま》りたい心地で、懇願する。

果たして、今夜で何日目になったのか。宝くじを買ってみたいとうっかりもらした日以来、毎晩のように勝負の席に着くことを強《し》いられていた。

事務所で陰茎を咥えさせられた日の記憶は、まだ生々しい。

あの日は結局、顔どころか衣類まで汚してしまった。狩納の精液だけでなく、綾瀬自身がこぼした唾液と精液でシャツ以外もぬらしてしまったのだ。

賭けの勝敗を抜きにしても、勤務時間中は狩納に逆らうことを許されていない。どんな無体《むたい》を強いられても拒む術はなかったが、しかしどろどろに汚れた顔を事務所の洗面所で洗うのは辛かった。

「まだまだだろ。本気で身に染みてるとは思えねえ」

思案する素振りも見せず、狩納がクリスタル硝子製のボウルを引き寄せる。

「そんなことは…」

「昨夜は花札だったからな。久し振りにインディアンポーカーでもやってみるか。もっと簡単に、コイントスでもいいぜ」

綾瀬の訴えに耳を貸すことなく、男がボウルに賽子を落とした。

勝負を降りる自由など、綾瀬にはない。有無を言わさない狩納の威圧感に、ごく、と喉が鳴る。

博打は、怖い。

それを教えるのが男の主眼であったのなら、目的はすでに達成されていた。暗澹《あんたん》たる気持ちで、綾瀬が寝台に置かれたボウルを見る。

丁半がそうであったように、チンチロリンなどというものも、綾瀬はこれまで辛うじて名称を知っていたにすぎない。インディアンポーカーに至っては、名前だって知らなかった。

チンチロリンが賽子と丼《どんぶり》を使うのに対して、インディアンポーカーはカードを使う。ルールは簡単だ。プレイヤーに一枚だけカードを配り、それを一斉に見せ合う。しかし他人の手札を見ることはできても、プレイヤーは自分自身の札を見ることはできない。その状態で参加者の手札や表情から、誰の手札が一番強いかを推測するのだ。

自分の手札が弱いと思えば、親以外は勝負から降りることができた。ゲームから降りず残った者が、最後に互いのカードを確認し合う。基本的に、数字が大きな者の勝ちだ。

インディアンポーカーにせよ他のカードゲームにせよ、本来は多人数で勝負するものだろう。だが参加者が二人しかいない以上、勝負は常に狩納と綾瀬、一対一の駆け引きとなった。

「……コイントスでお願いします」

これ以上、どう頼んでも無駄なのだろう。泣き出したい気持ちで、綾瀬は今夜の勝負を「インに託すことを決めた。勝負というより、ここまでくると一方的な処刑だ。

連戦連敗。

初めて賽子を振られたあの日から今日まで、綾瀬の戦歴は無残の一言につきた。

そもそも狩納を相手に、駆け引きなど成立するわけがないのだ。綾瀬の手の内など、男には透けて見えているとしか思えない。

賽子のような確率に左右されるゲームでさえ、狩納の勝負強さは揺るぎなかった。これが、経験の差というものなのか。圧倒的な狩納の強さを前に、綾瀬は文字通り博打の恐ろしさを味わいつくす日々が続いていた。

ほとほと、自分は賭け事に向いていないらしい。どうせ今夜も、大負けすることになるのだろう。そうであれば、カードやボードゲームで神経を磨《す》り減らすのは辛かった。狩納の眼光に晒されながらカードを捲るのは、胃の中味を吐き出してしまいたくなるほど体に悪いのだ。それならばいっそ、単純に勝負がつくものの方がましなのではないか。

コイントスを選んだ綾瀬のため、狩納が財布《さいふ》を取りに立ち上がる。一人取り残された寝室で、綾瀬は腰を落ち着けることもできず寝台を見下ろした。

まだ真新しい花札や賽子に混じり、クリスタル硝子製のボウルが転がっている。チンチロリンで使うため、狩納が台所から持ち出したものだ。曇り一つないそれは、染矢に言わせると目玉が飛び出すほど高価なものらしい。当然狩納は、そんなことに頓着《とんちゃく》などしなかった。丼の代わりに使われた上、無造作に投げ出されたボウルがかわいそうで、そっと手に取る。

せめて傷つかないようにと小書斎へ運ぶと、机に置かれた硬貨に目が留まった。

「狩納さん、ここに百円玉が…」

これを使いましょう。

そう言って百円玉を手に振り返った体が、長い腕に当たる。運悪く、狩納も綾瀬へと腕を伸ばしたところだったらしい。ぶつかった狩納の手から、硬貨が音を立てて床に落ちた。

「すみません！」

慌てて追うが、間に合わない。ころころと床を走った硬貨が、寝台の下へと呑み込まれる。膝を折って覗き込んだ綾瀬をまじまじと見下ろし、狩納が苦い嘆息を絞った。

「構わねえ、たかが小銭一枚だ。手間かける必要はねえ」

「でも…」

諦《あきら》めきれず寝台の下を覗こうとするが、気にするな、と首を振られる。もう一度財布を開いた狩納に、綾瀬は握ったままでいた百円玉を差し出した。

「すみません。掃除する時、ちゃんと探しておきます。…今はこれ、使いますか？」

硬貨も消えたのだから、もう賭け自体諦めてもいいのではないか。

そう言ってしまいたいところだが、勿論狩納は納得しないだろう。硬貨を落とすに至った、綾瀬の責任もある。手渡した硬貨を、男が無言のまま眺《なが》めた。

「仕方ねえな。コインのことは気にするな。今度俺が探しておく」

「よろしくお願いします」

棚の後ろにでも、入ってしまったのだろうか。目を凝《こ》らしたが、結局硬貨は見当たらなかった。そうなると、綾瀬一人では寝台や棚を移動させてまで探すことは難しい。生真面目に頭を下げた綾瀬の目の前で、狩納がぴん、と硬貨を弾いた。

「一発で決めるか？　三回勝負にしてえか？」

「…三回勝負でお願いします」

落下する硬貨を手の甲へと挟んだ男が、尋ねる。

すぐに勝負がつくのがコイントスの利点だと思っていたのに、いざとなると覚悟が揺らいだ。三回勝負を求めた綾瀬に、狩納が頷く。

「絵がある方が表。数字が裏。お前から選んでいいぜ」

「…じゃあ、表、で」

悩みはするが、どれほど考えてみたところで硬貨の軌道が読めるわけでも、裏表が透けて見えるわけでもない。確率は、五分五分だ。祈るように告げた綾瀬の鼻先に、狩納が腕を差し出した。

硬貨を押さえていた掌《てのひら》が、退けられる。そこに刻まれた桜の姿に、綾瀬は歓声を上げていた。

「嘘《うそ》…！」

「表だな」

余程、悔しかったのだろう。顔を顰《しか》めた狩納が、遠慮のない舌打ちを鳴らした。

ふるえ上がらずにいられない音だが、しかし今は喜びが勝《まさ》る。

だって、勝ったのだ。

この数日間、負けに次ぐ負けの繰り返しだった自分が初めて勝てた。

あまりの嬉しさに、卒倒《そっとう》しそうだ。実際へなへなと力が失せて、寝台に崩れ落ちそうになる。だがそんな綾瀬を尻目に、狩納がもう一度硬貨を弾《はじ》いた。

「あ…」

そうだ。これは一回きりの勝負ではない。三回勝負と言い出した自分を恨《うら》む間もなく、狩納が百円玉を手の甲へと押さえ込んだ。

「次は俺からな。…表」

狩納が表ならば、必然的に綾瀬は裏を選ぶことになる。呆気《あっけ》なく掌が退けられると、そこには再び桜の花が咲いていた。

「…っ…」

狩納の、勝ちだ。

これが現実か。

多少風向きがよくなろうとも、結局自分が博打に弱いことに変わりはない。落胆と諦めとに息をもらすと、狩納がもう一度硬貨を弾いた。

「選べよ」

最後の、一回だ。

ごくんと喉を鳴らし、綾瀬は重ねられた男の手を凝視《ぎょうし》した。

ごつごつと骨張った狩納の手は、男らしく大きい。浮き上がった血管の形さえ見事だと思うが、今問題なのはそうした造形ではなくそこに挟まれた硬貨だ。

「じ、じゃあ…、お…」

表、と声にしようとして、首を横に振る。

なにか、根拠があったわけではない。だが口を突くまま、叫んでいた。

「う、裏でお願いします…！」

眼だけで頷いた狩納が、重ねていた手を外す。

ゆっくりと現れた銀色の硬貨に、綾瀬はこぼれそうなほど大きく目を見開いた。

「百…」

狩納の手の上で光るのは、桜の花ではない。

百と刻まれた数字を見つけ、綾瀬は信じられずに声を失った。同じように、狩納もまた自らの手を覗き込んでいる。男にしては珍しく、息を詰めていたかもしれない。だがそれさえも、今の綾瀬にとってはどうでもよかった。

「勝った…っ！」

嘘みたいだ。

本当に、嘘みたいだ。

勝てたのか。あの、狩納に。

嬉しさより、驚きの方が大きい。びっくりしすぎて、上手く息ができている気がしない。だがその苦しさを押し退け、じわじわと込み上げてくるものがあった。

これが、博打の高揚感というものか。

大きく肺を膨《ふく》らませると、心臓がどきどきと早鐘《はやがね》を打っているのがよく分かった。嬉しい。純粋にそう思えて、綾瀬は深々と息を絞った。

そのままぐったりと、今度こそ寝台に崩れ落ちてしまいそうになる。いや、いいのだ。今夜はこのまま寝台にもぐり込んでも許される。きっと、いい夢が見られるに違いない。

「なにやってんだ、お前」

安堵《あんど》と眠気とに身を任せようとした綾瀬は、肩を揺する手に瞼《まぶた》を押し上げた。

「…なにって…、もう寝ませんか、狩納さん。明日も早いんですし」

「そいつがお前の望みか?」

寝具にくるまろうとする綾瀬に、狩納が眉を引き上げる。望みとは、何事だろう。言葉の意味が分からず首を傾《かし》げると、男が苦々しげに顎をしゃくった。

「お前、俺に博打で勝ったんだぜ」

改めてそう言われると、なんだかすごくくすぐったい。

初めての、勝利だ。偉業と言っていい。考え出すと、嬉しすぎて眠れないんじゃないか。そうしようと思わなくても、くふふふふ、と唇が笑みの形にゆるんだ。

「初めて勝てて、俺、すっごく嬉しいです。たまには運が巡ってくるんですね」

「で、望みはなんだ」

不機嫌に繰り返され、綾瀬がもう一度首を傾げる。

「テメェは俺に博打で勝ったんだから、言うことを聞いてやるぜ」

おら、言えよ。

それは随分、不遜《ふそん》な物言いではないのか。そう思うよりも、やはり言葉の意味が上手く理解できなかった。

博打で勝った。

言うことを、聞く。

言われてみれば、自分が賭博で負けた日はその代償を体で支払うよう迫られた。なんでも言うことを聞く奴隷《どれい》になれと、そう言われたのだ。

勝利した今夜は、逆のことが起こるのか。

逆の、ことが。

考えた途端《とたん》、どっと背中に汗が噴《ふ》き出した。高揚に因《よ》るものとは、違う。むしろ正反対だ。緊張と動揺とに、今まで搔いたことのない種類の汗が背中を流れた。

「言うことって…、なんでも、ですか…？」

「…おう。言ってみな」

喘ぎながらも絞り出した声に、狩納が頷く。尊大な許可に、ありがとうございます、と思わず頭を下げ、綾瀬は唸った。

「狩納さんが、なんでも言うことを…。えっと、ええっと、うーん…、……あ！　もし、お願いできるなら…」

「セックス禁止だとかってのは却下だぜ」

「駄目なんですか!?」

釘を刺され、悲鳴みたいな声がもれる。

「…お前、俺に禁欲させたかったのか？」

「いえ、あの、そういうわけじゃない、ですが…、でも…」

事実、綾瀬は狩納が言葉にしたほど直接的な願いを口にしようとしたわけではない。だが言われてみれば、しばらくの禁欲は連敗によって疲弊《ひへい》した綾瀬の身心には魅力的なものに感じられた。

「じゃあ…」

「なんでも言うこと聞いてやるってのは本当だ」

ただし、という言葉と共に、大きな掌が綾瀬の後頭部を包んでくる。ぐ、と引き寄せられ、鋭利な眼光が鼻先に迫った。

「ただし、テメェがご主人様になるのは明日からだろ。明日お前にどんな扱いをさせるかは、今夜のうちに俺が決める」

「な…っ。それって…！」

詐欺《さぎ》じゃないですか、そんなこと。叫ぼうとした唇に、がぶりと口づけられる。決して乱暴なだけのキスではないが、奴隷の従順さがあるかと言われればそれは否《いな》だ。

「お前は昨夜俺に花札で負けたんだ。今夜はまだ俺の言うことを聞かなきゃならねえよなあ？」

にや、と口元だけで笑われ、血の気が引く。

横暴だ。当然の非難も、声にならない。突き出された舌が、べろ、と喉元を舐め上げてくる。顎の下のやわらかな皮膚《ひふ》は、綾瀬にとってくすぐったくも敏感な場所だ。あ、と肩をふるわせると、男が満足そうに喉仏へと吸いついた。

いつの間にか寝間着の裾から入り込んでいた手が、薄い腹を撫で回してくる。押し退けることができない厚い胸板の下で、綾瀬は明日こそは、と決意を固めた。

何故、こんなことになったのか。

買い物客で賑《にぎ》わう百貨店の一角で、綾瀬は同じ問いを繰り返した。

何故こんなことに、なったのか。それは綾瀬が食材の買い出しに出かけたがったからかもしれないし、あるいは右足にできた軽い靴擦れを狩納に見咎《みとが》められたからかもしれない。または昨夜、ささやかな賭けによって狩納に勝利したからかもしれなかった。

あるいは、と考え、力ない溜め息を絞る。

あるいはどんな根本原因があろうと、どうでもいいことかもしれない。時間を遡《さかのぼ》って、それを回避することは不可能なのだ。今この瞬間でさえ、綾瀬は目の前の問題に対応できずにいた。

「もうやめましょうよ、狩納さん…っ」

囁《ささや》きに近い声で、懇願する。

応《こた》えるように、節の高い指が踝《くるぶし》を撫でた。

「気に入らねえのか？　確かに少し、大きいかもな」

「そうじゃ、なくて…」

呻いた綾瀬を、鋭利な双眸が見上げる。普段は高い位置に仰ぎ見るはずのそれが、今はひどく低い場所にあった。

「ん？　やっぱりオーダーじゃねえと駄目か、ご主人様」

ご主人様。

こんな破壊力を持つ言葉が、他にあるだろうか。

正確には、暴力的な衝撃を生み出すのは言葉そのものではなく、それを口にする男の存在だ。

狩納が、膝を折っていた。

あの、狩納北がだ。

靴を扱う店の床に、衣服が汚れるのも構わず跪いている。ただそこに立っているというだけで、男の容姿は否応なく人の視線を集めるものだ。群を抜いて高い背丈も野性味の強い容貌も、思わず振り返らずにはいられない。その狩納が、椅子に座る綾瀬の足を恭しく手に包み、己の腿へと載せていた。

「こっちも形は悪くねえな」

手ずから結《ゆ》わえた靴紐を、狩納が満足そうに辿《たど》る。指の動きが足の甲にまで伝わって、ぞく、と覚えのある痺《しび》れが走った。

「…っ、やめて、下さい。こんなこと…っ」

「命令は、嫌だとかやめて下さいだとか以外でお願いできませんか、ご主人様」

慇懃《いんぎん》な口調を作り、狩納が上目遣《うわめづか》いに綾瀬を見る。

にや、と笑われ、首筋の産毛《うぶげ》が逆立《さかだ》った。

狩納は今、なんと言った。お願いできませんか、と、そう言ったのか。あり得ない。自分の耳が信じられず、綾瀬は何度も瞬いた。

恫喝《どうかつ》することに長《た》けたあの口が、敬語を使うなど全く以《もっ》てあり得ない。だが耳の奥に響きが蘇ると、ぶる、とふるえが走った。爪先までびくつかせた綾瀬に、男が満足そうに眼を細める。

「やめて下さい…ッ」

気がつけば、悲鳴がもれていた。

「ふ、普通にして下さい、狩納さん…っ」

「俺は至って普通だぜ。賭けで負けちまったから、お前の奴隷ではあるけどな」

にやつく口元が、自らを奴隷と呼ぶ。喉の奥がひりひりと乾いて、変な声がもれそうになった。

「狩納さんみたいな奴隷…」

「不足か？　それともなんだ。奴隷らしさが足りねえってか？」

目を眇《すが》めた男が、寝台でそうするように綾瀬の膝を丸く撫でる。店の横を通りすぎようとした女性客たちから、声にならない歓声が上がった。他にも先程から、幾つもの視線が痛いほど突き刺さっている。

「どうすればご満足いただけますか、ご主人様。俺に奴隷らしくあれとおっしゃるなら、ご主人様にもご主人様らしくいていただきたいと存じますが」

跪いた狩納が、行儀よく頭を垂れた。

お願いします、どころではない。

心臓が、止まるかと思った。口にし慣れているはずなどないのに、遜《へりくだ》る狩納の舌はどこまでも淀《よど》みがない。まるで従順な下僕《しもべ》のように礼を取られ、綾瀬は衝撃の大きさにただただ目を剝《む》いた。

「どうぞご指示を、ご主人様。なんなりとお申しつけ下さい」

ちゅっと、罪のない音が鳴る。

いつもは尊大に煙草《たばこ》を咥えている唇が、痩《や》せた膝頭へと触れていた。キスだ。頭では分かっているが、状況についてゆけない。きゃああぁ、と店の内外から幾つもの悲鳴が上がった。するりと脹《ふく》ら脛《はぎ》をさすった狩納の手が、身動《みじろ》ぎ一つできない綾瀬の足先を持ち上げる。視線を合わせたまま爪先へと顔を寄せられ、綾瀬はぎょっとして我に返った。

「だだだだから、こんな悪ふざけは…！」

悲鳴を上げたその傍らに、淡い影が落ちる。丁寧に一礼した店員が、携えた箱を差し出した。

「お待たせいたしました。こちらが一つサイズのちいさなものと、お色違いの黒でございます」

二人の会話に割り入ることのないさりげなさで、女性店員が膝を折る。

「そして、ご当選おめでとうございます。こちらが、ポイントルーレットの店舗《てんぽ》別景品となっております」

靴のお手入れにお役立ていただけるセットです、と説明され、綾瀬は慌てて頭を下げた。

百貨店を訪れてすぐ、簡単なゲームに参加したのだ。この百貨店が発行しているポイントカードを使い、一日一回挑戦することができるゲームだ。機械にカードを入れるとルーレットが動き出し、当たりが出るとカードにポイントを溜めることができる。ここには食料品の買い物によく連れてきてもらうのだが、綾瀬は毎回密かにこのポイントルーレットを楽しみにしていた。

ルーレットとは言うものの、賭博的な要素はなにもない。客はただ、機械にカードを差し込むだけだ。客に店舗へ足を運ばせるきっかけとなるよう、ゲームをすればなにかしら景品が当たる仕組みになっているらしい。館内で利用できる数十円程度のポイントから、こうした店舗別の景品まで様々な特典が用意されていた。

狩納と訪れた今日も、いつもの調子でルーレットにカードを入れた。狩納はそんな機械があることも知らなかったらしい。軽やかな音を立ててルーレット画面に桜桃《さくらんぼ》が揃うと、呆《あき》れたように顔を顰めていた。

紙袋に収められた景品を、狩納が受け取る。

従業員の視線が、さりげなさを装いながらじっと狩納の容貌を盗み見ていた。にこにこと営業用以上の笑みを浮かべる従業員の頰は、先程から赤く色づいたままだ。彼女だけでなく、遠巻きにこちらを見守る他の従業員たちの視線も、無遠慮でない程度に狩納へと注がれていた。

店員たちの目を避けるよう、綾瀬がそっと男の腿から足を下ろす。距離を取ろうとした爪先を、厳《いか》つい掌が掬《すく》い上げた。

「茶色もよくお似合いですが、黒も悪くなさそうでございます。どちらがよりお好みですか。ご主人様」

「だから人前でご主人様って呼ばないで下さいーっ！」

堪《たま》らず叫ぶと、ざわ、と空気が揺れる。きゃあぁァ、と再びどこかで悲鳴が上がったが、靴を手にした女性店員はさすがにプロだ。一瞬目を見開きはしたものの、にっこりと花開くように微笑まれた。そのいたたまれなさに、意識が遠のく。だが暗闇に身を委《ゆだ》ねようとした瞬間、視界を過《よぎ》った人影に綾瀬は背筋を撥《は》ねさせた。

見覚えのある人影が、通路の向こうにある。

本田さん、と声にしそうになり、綾瀬は慌ててそれを吞み込んだ。

私服姿の本田が、店先を覗いている。一緒にいるのは、結婚を考えているという恋人だろうか。そうも思ったが、同行者はどうやら女性ではないらしい。

すらりとした体つきの青年が、本田の隣に立っていた。黒縁《くろぶち》の眼鏡《めがね》をかけた、真面目そうな青年だ。

一見すると、本田の周囲にいそうな人間には見受けられない。一体、どんな関係なのか。そんなことを考えた瞬間、唐突に本田がこちらを振り返った。

「…っ…」

動物的な、勘というやつか。視線が合いそうになったその時、綾瀬は咄嗟《とっさ》に棚の陰へと身を伏せていた。

普段なら、偶然百貨店で本田に出会ったとしても不都合なことはなにもない。むしろ自分から、挨《あい》拶《さつ》に行かせてもらうところだ。

だが、今日は駄目だ。

今日だけは、誰にも会ってはいけない。

狩納が、一緒なのだ。こんな状態の、狩納が。気がつけばかつてない俊敏さで、綾瀬は本田の視線から逃れていた。

「なにをやっておいでですか、ご主人様」

突然突っ伏した綾瀬を、狩納が訝《いぶか》しげに眺める。視線を辿って通路を振り返ろうとした男を、綾瀬は渾身の力で引き止めた。

「出ましょう、狩納さん。今すぐ、帰りましょう…！」

「靴はいかがいたしますか」

切羽詰《せっぱ》まった懇願に、狩納が眉を引き上げる。そもそも靴屋に入ることを決めたのは、狩納だ。綾瀬の靴擦れを心配してのことだろうが、綾瀬自身は新しい靴が欲しかったわけではない。

「く、黒も茶もどっちも格好よかったですが、もう少し考えさせて下さい。靴擦れも、すぐよくなりますから…！　折角《せっかく》、連れて来ていただいたのに申し訳ないんですが、今すぐ、帰りたいんです…っ」

「帰るには早すぎると思うぜ、ご主人様」

来たばっかりじゃねえか、と舌打ちし、狩納が仕方なさそうに立ち上がる。

跪いていてさえ、十分に大柄であることが窺《うかが》える男だ。それが実際に立ち上がれば、圧倒的なまでの体軀《たいく》に息を呑まずにはいられない。箱を抱えたままでいた女性店員も、声をなくして仰ぎ見ている。

周囲の視線を否応なく惹《ひ》きつけながら、男が綾瀬へと腕を伸ばした。棒立ちになっている従業員たちに、狩納がなにかを言《こと》づける。綾瀬は礼一つ、口にすることができなかった。そのまま半ば抱えられるようにして、エレベーターへと運ばれる。

本来の目的である食料品は、結局買えなかったが仕方ない。そう思った時、スーツ姿の従業員が駆け寄ってきた。丁寧に頭を下げたその男が、狩納のためにエレベーターの釦を押す。あの、と訴える間もなく、乗り込んだエレベーターが目的の階で停止した。

降り立ったのは、駐車場ではない。まさか、と身構えた通り、通路を進んで扉を抜ける。今までにも何度か、この扉をくぐったことがあった。所謂得意客専用の、商談室へと通じる扉だ。

「狩納さん、あの、本当にもう…」

絨毯が敷かれた通路の先に、何組かのソファが置かれていた。天井の高さこそ違うが、広々とした空間はホテルのラウンジを思わせる。その奥には、個室へと通じる扉が並んでいた。

口を挟む余地などない。狩納に腰を抱えられたまま、そうした部屋の一つへと通された。

やわらかな絨毯が敷き詰められたそこは、やはりホテルの一室を彷彿《ほうふつ》とさせる。寝台の代わりに、カーテンが天蓋《てんがい》のように天井から吊られていた。更衣室を兼ねているのだろう。壁には大きな姿見が取りつけられ、ゆったりとしたソファが据えられていた。

数人の従業員たちが代わる代わる訪れ、机に商品の箱を積み上げてゆく。あたたかなコーヒーまでを用意して、従業員たちは部屋を後にした。

「靴は、あの…」

靴にせよ服にせよ、狩納が買い与えてくれるのは学生である綾瀬には分不相応なものばかりだ。それだけで恐縮してしまうのに、こんな部屋に通されるとどうしていいか分からなくなる。本田と遭遇《そうぐう》する心配は薄れたかもしれないが、一秒でも早くマンションに帰りたくて仕方がなかった。

「靴以外でもいいんだぜ」

ソファに腰を落ち着けることなく、狩納が積まれた箱を顎で示す。到底手に取ることができず、綾瀬は大きく首を横に振った。

「靴も、もうたくさん、狩納さんに買ってもらいましたから」

狩納はいつだって、自分のことを気にかけてくれている。強請《ねだ》る必要もないまま、必要だと思うものがあれば幾らでも買い与えてくれた。

その気持ちは、本当にありがたい。だが綾瀬は、あり余るほどなにかを持つことには慣れていないのだ。あの広い部屋で、狩納と暮らすようになってもそれに変わりはない。狩納が自分になにかを与えてくれるたび、申し訳なさが先に立った。

「そいつは俺がお前に買ってやりてえと思ったもんだろ」

肩を竦めもせず、男が一蹴《いっしゅう》する。

「ありがとう、ございます…」

俺が好きで、買ったにすぎない。

狩納が言わんとしてくれるところは、綾瀬にさえ分かった。綾瀬のためではなく自分自身のために買ったのだと、狩納はそう言ってくれるのだ。

「不満か」

床を踏んだ狩納が、ソファの背凭《せもた》れに手を置く。背後から大きな体を屈められると、耳の真上に声が落ちた。

「まさか…！　すごく、嬉しいです。でも…」

「でも、なんだ」

「申し訳、なくて…」

堂々巡りだ。呆れられるかと思ったが、短く笑った狩納が腕を伸ばしてくる。背凭れ越しに顎を摑まれ、積まれた箱へと視線を促された。

「だったら、お前が欲しいもんを言え」

「俺は、なにも…」

必要なものは、もうみんな与えてもらっている。そう伝えようとした綾瀬の唇を、無骨《ぶこつ》な指がむにゅりとつまんだ。

「そいつはなしだ。ご主人様」

にやりと笑われ、綾瀬が摑まれた顎ごと首を振る。

「だから、それ、やめて下さい…！」

「いいや、今日はお前がご主人様だろ。奴隷をちゃんと働かせるのも、ご主人様の仕事なんじゃねえのか」

この尊大な男のどこが、奴隷なのか。

目眩《めまい》がするが、咄嗟には声も上げられない。機嫌よく部屋を横切った狩納が、積み上げられた箱の一つを開いた。なかに収められていたのは、焦《こ》げ茶色の革靴だ。隣に用意されたハンガーラックには、靴に合わせたと思しき衣類が何点も下げられている。

「お願いを聞いてもらえるなら、もう、帰りたいです…っ」

「いいぜ。帰って、奴隷の俺とベッドにしけ込みてえってならな。そうじゃねえなら、そいつもなしだぜ、ご主人様」

意を決して声を上げたが、狩納は振り返りもしない。

「しけ…」

「そういう命令なら、聞かなくはねえぞ」

だからこんな態度の奴隷が、どこにいる。腹を立てる以前に目を白黒させた綾瀬の前に、狩納が箱の幾つかを積み上げた。

「ちょ…、狩納さん」

硝子製のローテーブルを押しやった狩納が、床に膝を折る。先程靴屋でそうしたのと、同じ姿勢だ。慌てる綾瀬に構わず、狩納が華奢な足首を摑んでくる。

「…っ」

靴と踵《かかと》、その隙間に厳つい指を差し込まれると、それだけでぞくりとした。爪先をふるわせた綾瀬に視線を合わせ、男が靴を脱がせてくる。いくら朝シャワーを使ったとはいえ、足は足だ。他人の手に触れさせることには、抵抗がある。しかも相手は、あの狩納だ。膝を揺すって拒もうとするが、男がそれを許すはずもなかった。

「どれがお気に召すか、教えていただけませんかご主人様」

脱がせた靴を床に放り、狩納が真新しい革靴を手に取る。

「わ、悪ふざけにもほどが…」

非難しようとした綾瀬に、跪く狩納が大きく身を乗り出した。

「悪ふざけってのは、こういうことか？」

低い位置から綾瀬を見上げ、男が健常な歯を覗かせる。そのままがぶりと、腿の内側に歯を立てられた。

「な…！　痛…っ」

痛いと叫びはしたが、それ以前に驚きが勝る。

服地を隔《へだ》てていてさえ、男の歯の硬さと口腔《こうくう》の熱っぽさが皮膚に食い込んだ。慌てて引こうとする足を、逞しい腕にがっちりと摑まれる。

「失礼しました、ご主人様」

口調と同じ丁寧さで、嚙みついた場所へと顔を寄せられた。

もう一度、嚙まれるのか。身を固くする綾瀬を見上げ、狩納が腿へと唇を落としてくる。謝罪するように口づけ、押し開いた膝の間へと男が体を割り込ませた。

「まだ痛みますか」

「っ、もう、大丈夫、ですから…っ」

手を、放して下さい。

そう言って身を縮めようとする綾瀬には応えず、狩納の腕がベルトへと伸びた。

「なにを…！」

「お怪我《けが》がないか、確かめさせていただきます」

「い、いいです…！　そんなこと、いいですから…っ」

大きな声を出そうとして、ここがどこかを思い出す。狩納がなんと言って、部屋から人を下がらせたかは分からない。だが大声を出せば、店員が不審に思い確認に来るはずだ。自分が置かれた状況を思い知らされ、ぞっと全身から血の気が引いた。

「遠慮される必要はございません。お手伝いいたします」

淀みなく告げた男が、怯《おび》える綾瀬からベルトを奪う。あっという間にファスナーまで下ろされ、腿の裏側にソファの生地が直接触れた。

「か、狩納さんっ」

「おかわいそうに。痕《あと》になっておいでですね」

ボトムを引き抜いた狩納が、剝き出しになった腿へと顔を寄せてくる。あくまでも慇懃な口調を崩さない男に、ぞわりと首筋の産毛が逆立った。そんなもの、狩納にはまるで似合わない。鳥肌《とりはだ》が立つ思いなのに、莫迦丁寧に傅《かしず》かれると頭の芯がくらくらした。

露出させられた内腿には、男の言葉通り淡い鬱血《うっけつ》が浮いている。たった今つけられた噛み痕以外にも、白い肌には幾つかの痕が散っていた。唇で吸われたり、指が食い込んだりした痕跡だ。賭けに負け続けたこの数日の間に、残されたものも多い。言うまでもなく、それらを刻んだのは全て狩納自身だった。

「大丈夫、ですから」

男の眼から隠したくて、噛み痕に手を伸ばす。だがそれを掌で覆うより先に、ぬれたものが皮膚に当たった。

「あっ」

ぬっと伸ばされた舌が、真新しい鬱血を舐める。

たっぷりと唾液を含ませた舌が、自分が残した歯列《しれつ》をなぞった。

「やめ、あ」

足を閉じて拒みたいのに、膝の間には大きな体が陣取っている。見せつけるように口を開いた狩納が、腿へと直接歯を当てた。痛みを覚悟して身構えたが、力を込めて噛まれはしない。代わりにぱっくりと、白い腿を口へと含まれた。食べるみたいにやわらかな肉を咥えられ、べろりと大きく舌を使われる。

「っあ、や、吸わない、で…っ」

音を立てて唾液ごと吸われると、ぴりりとした痺れが尾骨《びこつ》に染みた。まるで腿ではない、もっと別の場所をそうされているみたいだ。

何日か前に、綾瀬自身が社長室で強いられた行為が脳裏に蘇った。あの時は頭上にあった男の双眸が、今は逆の高さから自分を見上げている。

思い描いた途端、ぞくりとした痺れが足の裏にまで広がった。丸まった爪先を褒《ほ》めるように、大きな掌が土踏まずを撫でてくる。普段の生活で、足の裏がどう敏感かなど意識する機会は少ない。だが靴下越しにすりすりと撫でられると、くすぐったいだけでなく肩が竦むほどの気持ちよさがあった。

そうだ。気持ちがいい。

こんな場所で味わうにはあまりにも非常識な感覚に、綾瀬は痩せた体をくねらせた。

「…あ、狩納さん、やめ…」

綾瀬の制止に、男が腿に歯を当てることで応える。上目遣いに視線を合わせられ、じわりと怖いような興奮が腰に溜まった。

狩納の両手は、いつものように綾瀬を取り押さえたりはしていない。その手がいじるのは、靴下に守られた右の足先だけだ。大きな体を折り曲げ口でだけ奉仕する狩納は、一見するだけなら従順な下僕のように見えるかもしれない。あるいは犬か。

あり得ない想像に、いじられる右足がびくつく。

上眼で綾瀬を捉《とら》える男が、その胸の内を見透すようにぐっと鼻面で腿へと割り込んだ。

「やっ」

手を使うことなく、狩納がぐりぐりと綾瀬の下腹へ顔を押しつけてくる。高い鼻先でシャツの裾を掻き分けられ、綾瀬は男の頭を摑んだ。

「ぁ、や、帰り、ましょう、狩納さ…、あ」

今すぐ、ここを出るしかない。細い声で訴えた綾瀬の下腹で、男がすりすりと首を左右に振った。

動物のように顔を擦りつけられ、下着のなかの性器がずくりと痛む。

「この格好のままでございますか、ご主人様」

尚も慇懃な口調で、狩納が笑った。あ、と声をもらした綾瀬を見上げ、男が下着の穿き口を歯で捕らえる。

「っ、あぁ」

狩納の髪を引っ張り阻《はば》もうとしたが、上手くできない。口を使い引き下ろされた下着の向こうから、弾力のある肉がぷるんとこぼれた。

布越しに顔を押し当てられはしたが、指で刺激されたわけでもない。それなのに剝き出しにされた綾瀬の性器は、ゆるく芯を持っていた。わずかに持ち上がった性器を、間近からまじまじと覗き込まれる。

「このままお帰りになるのは、辛くていらっしゃるのではありませんか」

息がかかる近さで、狩納が尋ねた。その口が、どうやって自分に触るのか。腿を舐め回した動きやこれまでに与えられた経験が、ずくりと腰を重くする。あたたかな呼気を吹きかけられ、狩納の視線の先でぴくぴくと性器がふるえた。

「いかがでございますか。ご主人様」

笑う狩納の唇が、もう一度息を吹きかけてくる。それにさえ、触って欲しがるように性器が揺れる。頭を摑んで引き剝《は》がそうとしているはずなのに、満足に力が入らない。髪を掻き回す指を咎めることもせず、狩納が初めて腰を浮かせた。

「お答えいただけないようですし、お帰りの準備をいたしましょうか」

指でいじり回していた靴下を、狩納が引き上げる。なんの未練も見せず離れた男の体温に、綾瀬は驚き長い睫を揺らした。

「え…」

「丸見えだぜ。人が来るまでにちゃんと隠しておけよ」

不意に普段と変わらない口調で、狩納が床に落ちたボトムを示す。その粗雑さに、ぞくりとした。

突き放す物言いは恐ろしいのに、同時にどろりとした安堵に背筋がふるえてしまう。

「な、に…」

「どうぞ、ご準備を。店の者を呼んで参ります」

「ぁ…、待っ…！」

再び慇懃に頭を下げられ、綾瀬は両手で男のスーツを摑んでいた。

この状態のまま、人を呼ぶと言うのか。そもそもこんな体のまま、服を着ろと狩納は言うのだ。

がくがくと、指先がふるえる。

こんな所でなにをしていたか、店員に見咎められれば立場が悪くなるのは狩納も同じだ。恥ずべき格好をしているのがあくまで綾瀬一人でしかなかったとしても、変わりがない。そのはずなのに、恐ろしいことに狩納自身が痛痒《つうよう》を覚えるとは断言できなかった。

「あ…」

下着を、引き上げなければ。

そうは思うのに、性器は首を擡《もた》げたまま萎《な》えてくれない。もしこのまま服を身に着け取り繕《つくろ》うことができたとしても、果たして人目のある場所を抜け駐車場まで辿り着けるだろうか。不可能では、ないだろう。だが狩納が自分を手助けしてくれることは、少しも期待できなかった。

「いかがなさいました、ご主人様」

賭け事で、綾瀬の手を読みきっていたのと同じだ。狩納は全部、分かっている。分かっていて、同情の欠片《かけら》も見せず尋ねるのだ。

「やめ、て…」

「具体的におっしゃっていただかないと、分かりかねます」

丁寧な言葉で突き放され、ぞくんと背中が痺れる。狩納に背を向け、自分の手で性器を握り込んでしまえればいいのかもしれない。だがそんな度胸もなければ、万が一そうした場合狩納がどんな挙動に出るか綾瀬には分からなかった。

「呼ば…ないで、下さい。もう、少し、待てば…」

落ち着くための時間さえもらえれば、身なりを整えることができる。そう言葉にするより先に、大きな手が伸びた。驚きに声も出せないまま性器を握られ、先端に厚い掌を被せられる。ああっ、と仰け反った綾瀬を見下ろし、狩納がその足首を摑み上げた。

性器の先端をぐにぐにと捏《こ》ねられるのは、刺激が強すぎる。悶《もだ》えた綾瀬の瞳に視線を定め、狩納が引き上げた足へと顔を寄せた。

駄目だ。

見開いた視界のなかで、男が口を開ける。肉を嚙み切るほどの無造作さで、頑健な歯が靴下を咥えた。摑まれた性器ごと、びくっと爪先が撥ねる。火のように熱い狩納の呼気が、靴下の上から親指のつけ根を噛んだ。

「あ…ッ」

そんな場所、口にしてはいけない。叫ぶよりも悶えた綾瀬の爪先から、ずるっと靴下が引き抜かれる。

狩納が、靴下を噛んでいるのだ。

足の甲を靴下が滑る感触にさえ、ぞくりとする。視覚から入る情報以上の動揺が、脳味噌を煮立たせた。それは、興奮に近い。狩納の手に捏ねられる性器が、射精したそうにひくひくと動いた。

「あっ、あぁ…」

止めなければと思うのに、自分から男の手に擦りつけたくて腰を突き出してしまう。性器と同じように爪先がじんじんと痺れて、吐き出すこと以外考えられなくなる。ちゅぷっと音を立て足の親指を口に含まれた瞬間、気持ちのよさが性器の先端まで駆け抜けた。

「ひ…ぃ…」

だが、射精することはできない。性器の先端をいじり回していた手が、呆気なく離れたのだ。あぁ、と子供みたいな声が、唾液と共に唇からこぼれる。

「随分気持ちよさそうでいらっしゃいますね、ご主人様」

親指を吸っていた男の口が、気紛れにつけ根の肉を噛んだ。歯を立てられても、もう痛いとも思えない。会陰《えいん》に入り込んだ指が、当たり前のように尻の穴をくすぐってくる。

「ひっ、っぁ、あ」

昨夜も好きなようにいじられていた穴は、まだわずかに熱を持っているようだ。皺《しわ》を寄せる皮膚ごとくにくにと押し揉《も》まれ、腹の奥が疼《うず》いた。

「気持ちよくは、ございませんか？」

応えられない綾瀬に、狩納が膝を折る。再び足の間へと跪かれ、綾瀬は苦しみながら首を横に振った。

「それは力が及ばず申し訳ありませんでした。では、もうお帰りになられますか？」

「帰……」

帰る、のか。ここから、この格好で。

もう少し待ってくれ、と、先程そう訴えた綾瀬への答えがこれだということだ。今から幾らかの時間を与えられたところで、ここまで追い詰められた体が簡単に落ち着くとは思えない。それどころか、狩納はすぐにでも自分を引き立てるつもりだろう。その残酷さが男にないなどと、綾瀬には到底思えなかった。

「あ…」

勃起したままの陰茎が、ぶるっとふるえてしまう。近い位置から全てを眺め、狩納がわざとらしく頭を下げた。

「お帰りのご準備を。ご主人様」

揶揄《やゆ》のない声で促され、為《な》す術《すべ》もなく首を横に振る。

ぐずぐずにとろけたこの頭と体でできることなど、あまりにも限られていた。

「あぁ…、狩…、お願い、しま、す…」

一秒でも早く、この熱を散らして欲しい。羞恥《しゅうち》に堪《た》えて声にしても、男は床に膝を突いたまま腕を伸ばそうとはしなかった。

「狩納、さ…」

泣き出しそうな声で、助けを求める。全てを分かっているはずの男が、従順な下僕そのものの姿勢で頭を低くした。

「お願いをしていただく必要はございません。どうぞ、ご命令下さい」

主人は、奴隷に懇願する必要などない。ただ、命令を下すだけだ。

置かれた立場の意味を突きつけられ、咽頭《いんとう》が引きつる。同時に、悟る以外なかった。狩納は、綾瀬を助ける気などないのだ。

必要な言葉を口にしない限り、決して綾瀬を掬い上げてはくれない。助けて欲しいと、その足元に身を投げ出すだけでは許されないのだ。

言うしか、なかった。

「ぁ…、触、れ…」

覚悟を決めて口を開いても、上手く音にできない。乾ききった唇を湿らせることもできず、綾瀬は掠《かす》れた声を絞り出した。

「どこをだ」

先を促す狩納の口調が、笑みを含んで砕ける。傲慢《ごうまん》な響きは、いつもの男のそれだ。欲求を言葉にした自分への、褒美《ほうび》なのか。与えられた飴に悔しさを覚えるより先に、どろりと甘く背骨がとろけた。

「全、部…」

張り詰めた性器が、じんと痺れる。ぬれて気持ちの悪いそこだけでなく、下腹部の全てが熱かった。操《あやつ》られるように、言葉が口を突いて出る。本当は、なんと言って訴えたかったのか分からない。だが声にすると、全部と、それが自分の心からの望みのように思えた。

「全部でございますか？」

驚いたように繰り返され、強欲《ごうよく》さを当てこすられる羞恥に爪先がひくつく。綾瀬の言葉を確かめようと言うように、開かれたままの股座を無遠慮に見回された。指で撫でられるのも同然の興奮に、腰が迫《せ》り出してしまう。

「…あっ、全部、触、って」

命令と呼ぶには、それは懇願の響きを隠せてはいない。だが男は、綾瀬が望みを口にできたことに満足したようだ。眼を細めた狩納が、胸の隠しからなにかを取り出す。

行儀悪く口に咥えられたのは、避妊具の包みだ。歯で裂いて取り出した桃色のゴムに、狩納が自分の右手の指をくぐらせる。

「失礼します」

断りを入れた男が、ふるえ続ける性器に左手で触れた。

それだけで、期待に心臓が破裂してしまいそうになる。

きっとこの部屋に、鍵はかかっていない。そんな場所で、綾瀬が命じて狩納に性器をいじらせているのだ。実際は強要され、許されるために言葉を押し出したにすぎない。そうだとしても、自分の口が狩納に触れる許可を与えたのだと思うと鳥肌が立った。

「っあ、んぁあ…」

節の高い指が、ぬれきった性器を一包みにする。じん、と重い痺れが腰を包んで、綾瀬は性感を取りこぼすまいと無意識に爪先へと力を入れた。

射精してしまいたい。その衝動に意識が集中した隙を突いて、冷たいものが尻の穴へと食い込んだ。

避妊具を被った狩納の指が、ぬぐ、と狭い穴を割ってくる。

「なっ、あ…、そこ」

射精寸前の性感に、尻穴の緊張がゆるんでいたのかもしれない。避妊具をぬらすジェルの滑りを借り、太い指がぬぶ、と進む。第二関節近くまでをもぐり込ませ、狩納が低い位置から綾瀬を見た。

「お気に召しませんでしたか？」

尋ねながらも、男は指の動きを止めようとはしない。ぐにぐにと小刻みに揺すられると、肉の輪が太い指を締めつける。普段はあまり使われることのない避妊具の感触にも、心臓が早鐘を打った。

「失礼。浅すぎましたか」

「あ、待…っ」

応えない綾瀬の尻穴に、さらに深く指が沈んでくる。一本きりとはいえ、狩納の指はしっかりと太くて長い。つけ根近くまで押し込まれると、異物感に呻きがもれた。同時に弱い場所を掠められる期待と不安に、首筋を汗が伝う。

「命令でございますか？」

待て、と、そう口にしようとした綾瀬の声を、狩納が拾い上げた。冷静な声で尋ねられ、頷こうとする。だがそんな綾瀬の意志に反し、首を動かすことはできなかった。

やめてくれと言わなければいけないのに、声が出ない。

「では、続けて掻き回してよろしいですか？」

応えられない綾瀬に、男が尋ねる。

このまま太い指で掻き回されるのだと、そう想像しただけで口腔が渇《かわ》いた。身動きできないままの綾瀬に、狩納の指が動きを止める。自分の返答を待っているのだと理解した途端、綾瀬は首を縦に振っていた。

「おやおや、涎《よだれ》が垂れておいでですよ、ご主人様。そんな顔をされるとつくし甲斐がございますが、ではどこをぐちゃぐちゃにさせていただきましょうか」

誘うように、男がくい、と一度腹側をくすぐる。欲しい場所を微妙に外したもどかしい刺激に、綾瀬はゆるんだ唇を喘がせた。

「っ、あ…っ、いつも、の…、いつもの、とこ…」

「いつものとおっしゃいますと、ここでよろしいですか」

避妊具に包まれた指が、奥から手前へと動く。

「あぁ…っ、や、違…」

「では、こちらで？」

くにゅりと、厳つい指が器用に曲がった。ふっくらとした器官に添って、指を使われる。真上から押し込まれたわけでもないのに、どっと気持ちのよさが込み上げた。

「ひァ、あ、そこ…っ」

夢中で、声にする。もっと触って欲しくて、自分から狩納の指に腰を擦りつけた。忠実に、狩納が

同じ場所をくにくにと引っ掻《か》く。指の腹を使ってやさしく捏ねられると、握られただけの性器がびくんとふるえた。

「ここが、お気に召しましたか」

感心したような声が、綾瀬の好みを確認する。

そうだ。そこが、気持ちいい。綾瀬が示した場所に、狩納が奉仕する。欲しがるのも、狩納に指を使わせるのも綾瀬自身だ。その現実を突きつけられると、どうしようもない身の置き所のなさと興奮とに背筋がふるえた。

「あっ、あー…、や…」

繰り返し前立腺《ぜんりつせん》を転がしていた指が、圧迫を強くする。二本目の指で狭まれると、ぶるっと大きく腰が撥ねた。

「ひ…っ、あァ、っああ」

満足に扱かれることもなく、反り返った性器が弾ける。飛び散った精液が手を汚すのに、狩納は苦にした様子もない。止めることなく両手の指でぐちぐちと敏感な場所の全てを虐《いじ》められ、綾瀬は声を上げてのたうった。

「っあァ、んあ…」

揃えた二本の指が、前立腺を越えて精嚢の裏側を圧してくる。そうされるとまだ射精の瞬間が続いているかのように、ぞわぞわと性器が痺れた。気持ちよすぎて、苦しい。そう思うのに、休むことなく掻き回される穴がその先を欲しがるように指を食い締めた。

「狩…、あ、あ…」

「続けますか？」

ふっくらと腫《は》れた器官を左右から指でくすぐり、男が綾瀬の希望を尋ねてくる。

首を横に振り、帰るための身繕いを手伝えと、そう命令する選択肢もあったかもしれない。それが結果的に自分を今以上に追い詰めることになったとしても、主張することだけはできたはずだ。頭の片隅では、分かっている。分かっているはずなのに、綾瀬は頷くことで自分の意志を示していた。

「続け、て…」

にや、と男の口元が歪《ゆが》む。

綾瀬の命令に応えた指が、つけ根近くまで一息に埋まった。

「あぁ…っ」

「もっと太いものを、お入れしますか？」

入れましょうか、とは狩納は誘わない。あくまでも、主人は綾瀬なのだ。鼻の奥がつきんと痛み、綾瀬はきつく目を瞑《つむ》った。

「…ぁ、入れ、て、狩……」

しゃくり上げる息が、声を阻む。それでもできる限り望みを口にすると、男が笑った。穴を拡《ひろ》げようと動いていた指が、ぬぐりと避妊具ごと引き抜かれる。床から立ち上がった長身を、綾瀬はソファに身を投げ出したまま、ただ見上げることしかできなかった。

大きな、男だ。

社会的な立場は勿論、雄としてもこれ以上なく完成している。非力な自分になど、傅いていい男ではない。だが視界を覆うように立つ狩納は、あくまでも慇懃に自分を扱うのだ。

ぶるっと、体がふるえる。

ベルトに手をかけた男の股間は、着衣の上からでもはっきりと分かるほど形を変えていた。ああ、と息をもらした綾瀬を見下ろし、狩納がファスナーを引き下げる。取り出された肉の形に、たった今まで指を呑んでいた穴がきゅっと締まった。

急くことなく、狩納が新しい避妊具を自身の陰茎に被せる。

目を閉じてしまいたいのに、それもできない。ソファへ乗り上げた男が、たっぷりと潤《うるお》った綾瀬の尻穴へと陰茎を押し当てる。

「お前がぶち込めって命令してんのは、こいつでよかったか？」

額の真上に、聞き慣れた声色が落ちた。怯えていいはずの響きなのに、体の関節がぐずぐずに弛緩《しかん》してしまいそうになる。何度も頷くと、笑う息と共にぬれた先端がもぐった。

「ああっ、あ、は、ぁ…」

避妊具を隔てていても、はっきりとした熱が伝わる。薄い膜《まく》のせいか、あるいはそこに塗られたジェルのせいか、ぐぷ、と音を立てた陰茎がいつもより滑《なめ》らかに肉の輪を掻き分けた。

「あ…、狩納、さ、っあ…、ゆっく、り…」

大きく張り出した亀頭が、止まることなく奥へと進む。

ごりごりと前立腺を潰される刺激に、射精したばかりの性器がふるえた。電流のような気持ちのよさが、足の裏をじわじわと疼かせる。その感覚が散るより先に、もう一度ごりっと弱い場所を捏ねられた。ゆっくり、と訴えた綾瀬に応えてか、今度は時間をかけて腰を引かれる。

もうここがどこで、どんなソファを汚しているかなど考えられない。じっくりと前立腺を叩かれるたび、目の前で光が爆ぜた。

「ひぁ、っ、っあ、そこ…っ…」

声に出して強請れば、その場所を小刻みに突き上げられる。時折ずるっと奥を抉《えぐ》られ、予測できない気持ちのよさに声が出た。爪先をいじるだけだった大きな手が、ソファでもがく綾瀬の腰を掴む。

従順さなど微塵《みじん》もない力で引き寄せられ、ばちんと音が鳴るほど大きく腰を打ちつけられた。

「あっあァ、ひ…」

萎えていたはずの綾瀬の性器が、弾ける。

それは、錯覚だったのかもしれない。だが総毛立《そうけだ》つ気持ちのよさに体のあちこちで火花が散った。

絶頂に達した体を休ませることなく揺すり上げ、狩納が尚もぐりりと体重をかけてくる。

「ひ、ぁあ…」

「ここか？」

「っう、ぅあ…」

問う声が、喘ぎ続ける唇を舐めた。狩納さん、と呼んだつもりだったが、それさえひっきりなしにもれる息と声とに掻き消される。

だが綾瀬の胸の内など、狩納には容易に読み取れるのだろう。に、と犬歯《けんし》を覗かせた男が、押しつけた腰を小刻みに揺すった。欲しかった場所を容赦《ようしゃ》なく小突かれ、苦痛に近い快感に悶える。

「…あぁ、…そ、れ」

綾瀬が望むまま、硬い肉がみっちりと狭い場所を満たした。

「仰《おお》せのままに。ご主人様」


「どうしたの綾ちゃん。微妙な顔ね」

黒髪を揺らし、染矢が首を傾げる。

事務所のソファに腰を下ろし、綾瀬ははっと目を見開いた。

「そこそこ。でもちょっと悟りが開けそうな顔でもあったわね」

「微妙、でしたか?」

重々しく頷き、どうかしたの、と染矢が尋ねてくれる。

「ケーキが、気に入らなかったとか?」

うつくしくマニキュアが施《ほどこ》された指先で、染矢が真っ赤な箱を指した。先日の詫《わ》びにと、持参してくれたものだ。勿論、詫びてもらうことなどなにもない。本田と鉢ち合わせたあの日は、綾瀬の顔を見るため染矢は事務所を訪ねてくれたのだ。特に用事はなかったのだけれど、挨拶もろくにしないで帰ってごめんなさいね。そう言って染矢が差し出してくれたのは、クリームや砂糖菓子で飾られたうつくしいカップケーキだった。

「つきが回ってきそうなケーキでしょ? 新しくできたお店のなんだけど、デコレーションが素敵でうちのお店の子たちにも人気なのよ」

赤と黒とで飾られたカップケーキには、キスマークを模《も》したチョコプレートが載せられている。大胆だが品がよく、大変に格好いい。だが綾瀬の目を惹きつけたのは、隣に飾られた賽子の砂糖菓子だった。賽子だけではない。染矢が携えてくれたカップケーキには、トランプやチップ、バニーガールといった飾りがちりばめられていた。カジノを題材にしているのだろうか。赤と黒のルーレット台を思わせる一つを、綾瀬はじっと見下ろした。

「すごく、きれいなケーキだと思います。…でも、ギャンブルはもう、懲《こ》り懲《ご》りで…」

細くもらした言葉に、染矢が切れ長の目を見開く。

「なに綾ちゃん、あなたギャンブルに手を出してたの…!?」

驚きを隠さず、染矢が身を乗り出した。

これから出勤するのだという染矢は、今夜も一分《いちぶ》の隙もなくその身なりを整えている。よく見れば土産《みやげ》のケーキだけでなく、彼女の帯にはトランプ柄の帯留めが輝いていた。

「…ギャンブルって言うか…。このところ、狩納さんと勝負をしてて…」

思い出すだけで、声が沈んでしまう。演技ではない唸りを上げ、染矢がまじまじと綾瀬を見た。

「あの狩納と、ね…。で、結果は？」

「俺の、連戦連敗です」

連敗でした、と応えるのが正しいのか。堪えきれず溜め息を絞った綾瀬に、染矢がケーキが収まる箱を押しやった。

「かわいそうに…。相手が悪いわね。…やっぱりこれでも食べて、もっとつきを呼び込まなきゃ」

確かにうつくしいケーキたちを眺めていると、気持ちが奮い立つ気がする。運気も上がりそうだが、果たしてそれは綾瀬にとって幸福な結果に繋《つな》がるのだろうか。

「どうしたの？　狩納に勝ちたくないの？」

そりゃあケーキ一つで勝てれば苦労はしないだろうけど。

そうこぼした染矢に、綾瀬は大粒の瞳を瞬かせた。

勝ちたく、ない。

はっきりと告げられた言葉に、息が詰まる。驚き、綾瀬は改めて染矢の美貌を見返した。

もしかしたら、そうなのかもしれない。

連戦連敗。それも確かに、苦しかった。しかし狩納に勝利した今、綾瀬が単純に浮かれていられるかと言えばそうでもないのだ。

「勝ちたいも勝ちたくないも、私だったらそれ以前に、まず戦わない道を選びたいところだけど」

全く以て、その通りだろう。自分だって、できることならそうしたい。思わず大きく頷こうとした綾瀬の手元に、すっとなにかが差し出された。

湯気を立てる、紅茶だ。

「あ…」

染矢が贈ってくれたケーキに気を取られ、まだ飲み物も用意できていなかったことを思い出す。至らない綾瀬に代わり、久芳が淹《い》れてくれたのか。慌てて礼を言おうとして、綾瀬はぎょっと動きを止めた。

「狩納、さん…」

この場にはいないはずの男の名が、唇からこぼれる。

驚きのあまり、それ以上どんな言葉も出てこなかった。

いつ、戻っていたのか。

狩納は昼すぎから、事務所を空けていたはずだ。今日の戻りは遅くなると言われていたし、扉が開かれた気配にも気づかなかった。

だが目の前にいる男は、他の誰でもない。見惚れるほどの長身をゆるく折り、狩納が紅茶のカップを差し出していた。

「熱いのでお気をつけ下さい。…ご主人様」

響きのよい声が、静かに告げる。

死ぬかと、思った。

それは染矢も、同じだったらしい。ぼとりと音を立て、染矢の手から箱が落ちる。カップケーキが詰められたそれが、低い位置から机へと着地したのは幸いだった。しかし染矢自身は、そんなこと少しも気にしていられないらしい。

なにが、起きているのか。

まるで化け物を見るような目で、染矢が狩納を凝視した。

「必要でしたら、冷まして差し上げましょうか。ご主人様」

丁寧な狩納の物言いは、芝居じみているとは言いきれない。むしろやや感情を殺いで響く低声は、甘く穏やかだ。穏やかすぎて、背筋の産毛がぞわっと逆立つ。

「かかかかか狩納さ……」

「なに冗談ぶっこいてんのよあんたッ！　キモッ！　キモいのよッ！　やだちょっと鳥肌立っちゃったじゃないいなによこれッ」

発狂しそうな大声で、染矢が叫んだ。余程驚いたのか、逃げ場をなくした染矢は毛を逆立てた猫のようにソファの背に貼りついている。

「黙れクソカマ。人の事務所で騒いでんじゃねえ、出て行け」

鋭利な視線が、染矢を刺した。敬語を切り捨てた狩納の口調は、いつもと一切変わりがない。尊大さを隠さない男が、しかし綾瀬にはなんの衒《てら》いもなく頭を垂れた。

「コーヒーの方がよろしかったですか」

染矢への対応などなかったかのように、狩納が紅茶を見下ろす。弾かれたように、綾瀬は首を横に振っていた。

「いえ、紅茶で…、紅茶が、いい、です…！」

「駄目よ綾ちゃんそれ絶対毒よ！　狩納が淹れたお茶よ!?　いえ、そもそもこいつに茶なんて淹れられるの!?　それ、飲んだら絶対駄目なやつに決まってるッ！」

金切り声を上げる染矢に、狩納が従業員の一人を顎で示す。

「茶ァ淹れたのは久芳だぜ」

「私がご用意させていただきました」

すぐ傍に控えていた久芳が、頭を下げた。

滅多なことでは感情を露わにしない久芳の声が、今は明らかに揺れている。よく見るまでもなく、その視線もまた不自然に泳いでいた。動揺、しているのだ。

「あ、ありがとうございます」

久芳に淹れさせた茶とはいえ、それを運んできたのが狩納だというだけで尋常ではない。むしろ悪夢だ。染矢の前には当然と言うべきか、水の一杯も置かれてはいない。だが狩納が運んだ茶など、染矢が飲みたがるとは思えなかった。

「どうなってるのこれ。狩納はどんな薬キメてんの？」

蒼白になった染矢が、ソファの端に逃げながら綾瀬に尋ねてくる。

「…昨夜、俺が賭けに勝って、それで……」

この状況を、どう説明すればいいのか。

一昨日の綾瀬は、こんな狩納を本田に見せるのを避けようと逃げ隠れまでした。しかしその努力の全てを、今日出勤するなり狩納自身が打ち壊したのだ。

いや、昨夜の賭けに勝ってしまった自分にも、責任の一端があるのか。いずれにせよ今朝目が覚めた瞬間からずっと、狩納は綾瀬の足元に傅き続けていた。

「賭けに勝った綾ちゃんが、狩納のご主人様になっちゃったとか言うんじゃないでしょうね。それ、難易度高すぎよ」

本当に、難易度が高すぎる。一々染矢の言う通りだ。

今日ほど、この事務所でアルバイトをさせてもらっていることに困惑した日はなかった。自宅や外出先でも堪えるが、事務所でご主人様呼ばわりされるのは想像を超える拷問だ。ご主人様というのがこれほどまでに大変なものだと、今まで誰も教えてくれなかった。

「難易度が高かろうが、こいつが勝ったんだ。仕方がねえだろ」

染矢を一瞥した狩納が、顎を上げる。そこに含まれる響きの意味を、敏感に読み取ったのだろう。眉間《みけん》を歪めた染矢が、嫌そうに吐き捨てた。

「勝つも負けるも、私には最初から勝負になってないように見えるけど？」

「…黙れカマ。さっさと出て行けりって言ってんだろ」

染矢の言葉は、少なからず狩納の機嫌を損ねたようだ。男の双眸に走った冷たい色に、綾瀬こそが身を竦ませる。怒鳴り、つけるのか。そんな綾瀬の危惧《きぐ》を裏切り、狩納が真っ赤な箱へと眼をやった。

「このクソカマが持ち込んだものだと思うとお薦めしがたくもありますが、空腹でいらっしゃるようなら一つお召し上がりになりますか。ご主人様」

染矢に向けた剣呑さを拭《ぬぐ》い去り、狩納がカップケーキを引き寄せる。箱が転がらなかったお蔭で、ケーキはどれもうつくしい形のままそこに収まっていた。男らしい指が、たっぷりと生クリームを載せた一つをつまみ取る。

「お皿とフォークをご用意いたしました」

素早く、久芳が横から声を投げた。だがその助け船に、しがみつくことは許されない。

「いるように見えるか、久芳。物欲しそうに見てねえで仕事してろ」

部下に視線を向けもせず、狩納が切って捨てる。手出しを封じられ、久芳がぎりぎりと奥歯を嚙んだ。

「どうぞご主人様、口を開けて下さい」

真っ白なクリームと数字を象ったチョコレートとが踊るケーキを、口元へと運ばれる。事務所で、狩納手ずからに給仕されているのだ。首を横に振って逃れることも考えられず、綾瀬は口を開いた。

「ん…」

子供みたいに、食べさせて欲しかったわけではない。だがこんな眼をした男にケーキを突きつけら

17 32 20 7 11 30

れ、嫌だと言える者がいるだろうか。促されるままケーキを囓《かじ》ると、心地よい甘さが口に広がった。

美味《おい》しい、気がする。

実際は途轍もなく美味しいのだろうが、正直あまり味などよく分からない。大きな体を屈め世話を焼く狩納にばかり気を取られ、なにを食べているのかすら理解ができなかった。懸命に咀嚼《そしゃく》した綾瀬の鼻先に、厳つい指が伸びる。

「あ」

どうやら勢い余って、クリームに鼻先が埋もれてしまっていたらしい。慌てて拭おうとしたが、それよりも早く男の指が鼻をこすった。

「行儀の悪ぃご主人様だな」

楽しげに眼を細めた狩納が、クリームで汚れた指を綾瀬の唇に含ませる。

慇懃な口調も聞くに堪えなければ、平素通りの粗雑さまで心臓に悪い。悪すぎる。胸で暴れた鼓動ごと、心臓が口から飛び出るのではないか。誇張ではなく血圧が上がるのが分かって、卒倒するのではないかと思った。

狩納を見慣れているはずの染矢たちですら、罵りの一つも口にできない。凍りついている久芳に視線を投げることなく、狩納が手にしたカップケーキを綾瀬の唇へと寄せた。

「もう一口いかがですか、ご主人様」

低い声で促され、綾瀬が弾かれたように席を立つ。

ぐらっと視界が揺れたが、もう一度ソファに崩れ落ちることはできなかった。

「おおおお、俺、ご飯の用意をしてきます…ッ。狩納さんはお仕事、頑張って下さい…！」

改めて確かめる余裕もないが、綾瀬の勤務時間はすでにすぎているはずだ。染矢が訪れる前に、手持ちの仕事も今日は終えてしまっていた。久芳と染矢にどうにか頭を下げて、一目散に事務所を後にする。

これ以上、一秒だっていられない。

振り返ることなく、綾瀬はエレベーターに飛び乗った。真っ直ぐにマンションへ帰り着いても、心臓がばくばくと煩《うるさ》い音を立てている。玄関で蹲ってしまいたい衝動を押し止め、綾瀬はふらつきながらも台所へと逃れた。

へなへなと、膝から床に崩れる。

「ご主人様も大変だ…」

声に出してみれば笑い飛ばせるかと期待したが、全くそんなわけはない。

まだ微かにクリームが残る口元を、綾瀬は手で拭った。

何故、あんなことになったのか。百貨店を訪れた日から丸二日が経った今でさえ、少しも理解できていない。むしろ、疑問は深くなるばかりだ。

博打に、勝ったからか。

確かに綾瀬は、狩納に勝った。百貨店を訪れた前の晩も、そして昨夜もそうだ。狩納に勝ったことが全ての原因だと言うのなら、爪の先ほども勝利を喜ぶことはできない。

どんなささやかなものであれ、賭けに勝てば高揚感を覚えると言う。しかし今日に至っても綾瀬にあるのは、消えてしまいたいような恥ずかしさだけだった。加えて全身が重く、一昨日に至ってはいつ眠りに落ちたのかも覚えていない。

あの日、百貨店から狩納に抱えられるようにして帰宅した記憶はある。帰宅後も、男は実に恭しく綾瀬を扱った。それはもう、背筋が凍るほどに。

何度やめてくれと頼んでも、無駄だった。

否応なく物事を強いられるのも辛いが、あんなふうに命令しろと迫られるのも本当に辛い。思い出すだけでちりちりと首筋が痛んで、綾瀬は唇を噛んだ。

どうして欲しいのかと問われたことは、今までにもあった。だが傅く狩納に命令を下せと、そんな要求を突きつけられたのは初めてだ。

そもそもあの狩納が、自分に膝を折ること自体あり得ない。それなのに一昨日の自分は、狩納に命令を与えたのだ。いや、指示程度のものだったかもしれないが、それでも綾瀬は懇願するのではなく許可を与える立場だった。今日だって同じだ。賭けに負けた翌日、狩納は文句も言わず綾瀬をご主人様とそう呼んだ。

目眩がする。

もう、賭け事など勘弁してもらえないだろうか。祈るような気持ちで、綾瀬は立ち上がると冷蔵庫を開いた。

狩納はどう考えても、誰かに従属させられて喜ぶような男ではない。それがもう二度までも、綾瀬の奴隷に身を落としたのだ。あれに懲りて、賭博からは足を洗ってもいいと言ってはくれないものか。

願望を抱きはするが、叶わないだろうことも薄々予想がついた。簡単には足抜けが許されない、これもまた男が言う博打の厳しさというやつなのか。

溜め息を呑んだ綾瀬は、次の瞬間手にしたレタスを取り落としそうになった。

台所の入り口に、人影が立っている。そんな気配は微塵もなかったが、紙箱を手にした狩納がこちらを見ていた。

「か、狩納さん、戻られたんですか…」

追いかけて、来たのか。驚きに声を上擦らせた綾瀬は、狩納が手にした箱に気づき目を瞠《みは》った。

「あ…、染矢さんが下さった、カップケーキ…」

挨拶もそこそこ事務所を飛び出した自分は、カップケーキを机に置き去りにしてきてしまったのだ。

それに気づいた狩納が、わざわざ届けに来てくれたのか。せめて染矢たちに、取り分けてくるべきだった。慌てて歩み寄った視線の先で、狩納が箱を覗き込んだ。

「ルーレットは口に合われましたか、ご主人様」

丁寧な口調で、尋ねられる。

ルーレットとは、先程綾瀬が齧ったカップケーキのことだろうか。数字を象ったチョコレートは、確かにルーレットを思い起こさせる。だがそんなことより、継続された慇懃な物言いに背中がぞわぞわとした。

狩納は完全に、面白がっている。にやりと口元を歪めた男が、ケーキを手に取った。

「今夜は花札がいいかと考えておりましたが、スロットマシーンなどをご用意するのも悪くないかもしれません、ご主人様」

ゆるく腰を折り、狩納が従僕らしく視線を低くする。奴隷の立場も二度目となり、板についてきたとでも言うのか。物腰さえも丁寧に、男が手のなかの箱を示した。

「カードの方がよろしいですか？」

真っ赤な箱には、こぼれ落ちるコインを模したものや、トランプが刺さったカップケーキたちが収まっている。シュガーペーストで作られた桜桃が載っているものは、スロットマシーンを現しているのだろう。その気になれば狩納は、この箱に詰まった賭博の全てを再現することができるのだ。

甘い香りがする箱を恭しく捧げ持たれ、綾瀬が薄い胸を喘がせる。

「や、やめましょう、もう、賭博なんて」

もっと慎重な切り出し方など、いくらでもあったはずだ。だが緊張ばかりが先に立って、気がつけば急かされるように唇を動かしていた。

「最初に、狩納さんが言ってくれた通り、です。博打は、やっぱり、駄目だと思います。勝っても負けても大変だって、本当によく分かりました」

今日こそは、決着をつけるべきだ。自分ならばまず勝負の席に着いたりしないと、染矢は言った。全く、その通りだ。負けるのも困るが、勝つのも辛い。そうである以上、自分にできるのは博打からきっぱりと足を洗うことだけではないか。

賭け事の怖さは、もう十分すぎるほど身に染みた。そう訴えようとした綾瀬に、狩納が形のよい眉を引き上げる。まだ足りてねえ。そんな言葉で躱《かわ》される覚悟はあったが、しかし男の双眸は理不尽《りふじん》な結論とは程遠かった。

華やかなカップケーキを手にしたまま、狩納が笑みを消した双眸で見下ろしてくる。

毎日顔を合わせる間柄であってさえ、こんな眼光を向けられることに慣れる日が来るとは思えない。表情の読めない、冴え冴えとした眼をされれば尚更だ。肋骨《ろっこつ》までも切り開かれそうな双眸に、気がつけば指先がふるえていた。

「駄目なのは、賭博かよ」

平坦な、声だ。普段と変わりない口調を向けられてさえ、ほっと緊張を解くことはできなかった。むしろ手を使うことなく喉を締め上げられた心地がして、綾瀬が息を引きつらせる。

「博打の怖さが身に染みて、ご主人様が二度と莫迦な気を起こさないと、そうお考えなら歓迎いたします」

「だ、だったら…」

だったら、もう博打なんかやめましょう。

理解を示そうとしてくれた狩納に、縋る思いで首を振る。だが男の双眸は、その冷たさを増したにすぎなかった。

「お前が懲りたのは、博打か？」

それ以外、なにがある。

向けられた問いの意味が分からず、綾瀬は男を見返した。

最初から、綾瀬は本気で宝くじを買いたかったわけでもなければ、ましてや狩納と勝負がしたかったわけでもない。もう懲り懲りだとそう叫ぶより先に、狩納が目を眇めた。

「お前は俺にああして欲しい、こうして欲しいって腹んなかぶちまけるのが嫌なんだろ？」

その声は、誘惑を含んでいたかもしれない。いや、確信か。冷水を浴びせられたような驚きに、綾瀬は大きく首を横に振っていた。

「違います…！　俺、隠し事したいとか、そんなつもりは…」

むしろそんなこと、微塵も考えていない。そもそもどうしてこの状況で、狩納がそんな疑念を抱くのか。声を上擦らせた綾瀬に、男が一つ大きく息をもらした。

苛立《いらだ》ちとも、諦念《ていねん》とも違う。狩納自身に向けられたように思えるその苦さは、あまりにも男には不似合いだった。

「確かに、隠し事をしてると思っちゃいねえぜ」

それは、狩納の本心だろう。

だったらどうして、そんな声を出すのか。理解できず、綾瀬は細い指先をふるわせた。混乱する綾瀬の口元に、男が摑んだカップケーキを差し出す。

ぺちょりと、甘いクリームが薄い唇の端を汚した。

舌を伸ばし、拭うこともできない。動けずにいる綾瀬の口元を、狩納の視線が辿った。

「俺に好き勝手されてる方が、楽か？」

なんと、応えようとしたのか。咄嗟に唇を開いたが、声は出なかった。そもそも狩納の言葉の意味を、自分が正しく理解できているとも思えない。だが、なにか伝えなければ。その気持ちだけで動かそうとした唇を、かさついた指の腹が撫でた。

「今更って話だよな。勝負にもならねえ」

勝負するまでもねえって話だな。

それは先程、染矢が口にした言葉ではなかったか。息を吐くように、狩納が笑う。瞬間、明確な恐怖が背骨を貫いた。

本能的に踵《きびす》を返そうとした綾瀬の腕を、大きな掌が摑み取る。

「狩…」

「好きにさせろよ、綾瀬」

振り払おうとした細い腕が、狩納が手にしていた紙箱に当たった。支える気など、なかったらしい。ぐらりと揺らいだ箱が、音を立てて床に落ちた。

「あっ」

手を伸ばそうとしたが、それさえ狩納に摑まれる。

「狩納さん…！」

叫んだ体を、易々と抱えられた。足をばたつかせても、肩に担《かつ》がれてしまえば抵抗できない。綾瀬の重みなどまるで問題にならないといった足取りで、狩納が寝室の扉をくぐった。

「っ、あっ」

どさりと、荷物のように寝台へと転がされる。体を起こそうと足搔《あが》いた綾瀬の視界を、濃い影が覆った。

部屋の明かりを強くした狩納が、腕の時計に眼を落とす。そこで初めて、男はカップケーキの一つを手にしたままでいたことを思い出したらしい。寝台を躄《いざ》ろうとした綾瀬へ、狩納が無造作にそれを放った。

「俺はまだこれから事務所に戻らねえといけねえからな。手間かけさすんじゃねえぞ」

だったらこんなこと、やめましょう。訴えが込み上げるが、声にすることはできなかった。寝台に近づいた男が、ネクタイをゆるめる。それだけで、呑まれたように体がふるえた。

「ま、待って下さい、俺、狩納さんとだから、博打が嫌とか、そんな…」

「口を閉じてな」

距離を取ろうと寝具を掻いた足首を、がっしりとした手に摑まれる。

一昨日、同じ手で足首を包まれた。自分に靴を履かせるため、床に跪いた狩納がその足を恭しく手のなかに収めたのだ。あの大きな手が、今はまるでもののように足首を摑み、ずるりと引き寄せる。

「っあ、狩…っ」

体ごと寝台の上を引き摺られ、もう片方の腕でボトムを摑まれた。体を丸めて抗おうとしたが釦を外され、下着ごと引き下ろされる。

「待っ…」

「俺は喋るなって言ってんだ」

低い声で繰り返され、冷たい汗が背中を流れた。

この声が脅《おど》しなどでないことを、綾瀬は十分に知っている。なにが原因かは、分からない。だが確実に、自分は狩納の逆鱗《げきりん》に触れてしまったのだ。

なに、が。そして、どうして。

どうして狩納は、あんな苦しそうな声を出したのか。

考えようにも、緊張と混乱に思考が上手くまとまらない。悲鳴を上げた体から、狩納が呆気なく着衣を剝いだ。

つい今し方まで台所にいたはずなのに、清潔な寝具に裸の背中を投げ出している自分が信じられない。

「尻、こっちに向けろ」

縮こまろうとする綾瀬の腿を軽く張り、狩納がベッドヘッドを探った。取り出したジェルの蓋《ふた》を、男が慣れた動きで押し上げる。

「そんなところから手伝ってやらねえと駄目なのか」

動けずにいると、なんの苦もなく体をうつぶせに転がされた。ふるえた腰を、そのまま胡座を搔いた膝へと引き上げられる。

「や…」

ごつごつとした膝に横抱きにされ、恥ずかしさに足をばたつかせた。

折檻《せっかん》を受ける子供が、大人の膝で尻を突き出しているみたいな格好だ。狩納も、似たようなことを思ったのかもしれない。がっしりとした掌が、膝に乗せた尻を揉むように撫でた。

この厳つい手で撲《ぶ》たれたら、どうなるか。恐ろしい想像に身を竦ませた綾瀬を、大きな掌がぺちんと張った。

「あっ」

渇いた音に、驚かされる。痛みはない。だが叩かれたのは、剝き出しにされた尻のその割れ目だ。恥ずかしい場所を狩納の眼前に晒し、そこを叩かれる。隠すことのできない尻穴に指が当たり、綾瀬は泣きそうな声を上げげた。

「っや、あっ狩……」

「好きか、こうされるの」

同じ場所を、ぺち、と張られる。

子供を揶揄《からか》う程度の力だが、叩かれるたびその場所がじんと痺れた。恥ずかしくて揺れる尻を、今度は厚い掌がするすると揉んでくる。

「ひゃ、っあ…」

自分の手で痛めつけた場所を、慰撫《いぶ》するような動きだ。だが実際は撲たれるのも撫でられるのも、羞恥を煽《あお》る動きでしかない。尻を撫でる指が、気紛れに腿の間へと入り込む。中指の腹で会陰を縦に撫でられ、時折ぎゅっと尻臀《しりたぶ》を摑まれた。

尻を覆い、好きなだけ会陰をくすぐった手が不意に離れる。ほっと気がゆるむのと、新しい緊張を味わうのはほぼ同時だ。手を振り上げられ、もう一度叩かれるのか。

怯え、背後を仰ぎ見ようとした視界に、ジェルのチューブを押し潰す狩納が映《うつ》った。にゅるりと絞った半透明のそれを、男が長い指に取る。

「もっと叩いて欲しいのか？」

自分はどんな顔をして、狩納を見上げたのか。可笑《おか》しそうに尋ねられ、綾瀬は必死で首を横に振った。嫌だ。声に出して叫ぶこともできず、ぎゅっと寝具に顔を伏せる。

「そうか、分かったぜ」

そのまま手を振り上げられる気配を背後に感じ、綾瀬は息を呑んだ。

「ひっ、あッ」

ぱんと、先程までより大きな音を立てて尻を張られる。瞬間、じん、と染みるような痺れが皮膚を焼いた。感じたのはやはり痛みではなく、汗が噴き出すほどの羞恥だ。

「あぁっ、やめ、あ」

悶えた右の尻臀を、指が埋まるほどぎゅうぎゅうと揉まれる。自分の目で確かめなくても、摑まれ、歪《いびつ》な形に開かれた割れ目に狩納の視線が刺さるのが分かった。尻を振って逃げようとする動きさえ面白いのか、ぺち、と指先で穴の表面を叩かれる。

「ひあ、あ…」

爪先で寝具を掻くが、いじられる尻が持ち上がってしまうにすぎない。抵抗とも呼べない努力を膝の上に見下ろし、狩納がぬれた指を穴へと当ててくる。

「あ…っ」

「じっとしてろ。奥までちゃんと塗ってやるから」

尻を叩かれるのも、こんなふうに扱われるのも怖い。だが狩納はまるで綾瀬のためだと言うように、ちいさな穴に指を擦りつけた。

「っぁあ、ん…ん」

たっぷりとジェルを掬った指が、穴の周りを丸く撫でる。だがすぐには、入ってこない。これから使う場所を意識させるように、皺を寄せる皮膚をぐにぐにと揉まれた。

「ぁ、や、指…っ」

うっかりすると、そのままなかにまでもぐってしまうのではないか。怯えるように内腿に力が籠《こ》もり、尻穴が緊張する。健気《けなげ》な反応の全てを、狩納が高い位置から見下ろしていた。

「ここ、やわらけえままだぜ」

揶揄うように教えた男の指が、狭い穴を小突く。力を入れて阻みたいのに、体をずっと強張らせ続けることは難しい。わずかに力がゆるんだその隙に、ぐっと指を進められた。

「んぅ、あっ、や…」

にゅるりと滑る指は、動きを止めることなく奥へともぐってくる。左右に指を回しながら出し入れをされると、一昨日同じようにいじられた記憶が嫌でも蘇った。

マンションの寝台とは違う、鍵のかからない部屋で狩納と繋がった記憶だ。

恥ずべき行いなのに、一昨日の綾瀬は一方的に奪われたのではない。綾瀬自身にどこまで選択権があったかは不明だが、言葉の上ではただたどしく命じさえした。今入り込んでいる指にどう掻き回して欲しいか指示を出し、もっと太いものを入れるよう促したのだ。

もっと、太いもの。

自分の想像に、恐怖と共にぶるっと興奮にも似たふるえが込み上げた。

「あ…、いや…」

とろりと口腔に湧《わ》いてくる唾液が信じられなくて、身悶える。だが否定の言葉とは裏腹に、この数日繰り返しいじりまわされた尻穴はきゅっと欲しがるように太い指を締めつけた。その動きを視覚でも捉え、狩納が笑う。

「昨日あんなに使ったんだ。当たり前《め》ェか？」

自分の言葉に、いやや、と男が唸った。太い指が、ぐぅっと試すように腹側を押してくる。たった一本でも、節くれ立った指の圧迫感は苦しいほどだ。左右にうねうねと回しながら弱い場所を探られると、吐き気にも似た気持ちのよさが込み上げた。

「あ、あ…、っあ、うっく」

「いや、あんなもんじゃ物足りねえってことか」

呆れを含んだ嘆息に、じわりと眼球の奥に痛みが滲《にじ》む。だがそれ以上に、止まらない指の動きに腰がひくついた。意地悪な指は少しもじっとしないのに、本当に欲しい場所には触れてくれない。ふっくらと腫れた場所を避け、その少し手前や脇を小刻みに掻いてくる。時々つるりと滑った指が敏感な器官を掠めて、気持ちのよさに爪先が丸まった。だが、それだけでは全然足りない。動く指をどうにか欲しい場所に誘い込もうと、尻が勝手に持ち上がってしまう。

「っふ、ぅう、ああっ」

うつぶせに体を丸め、綾瀬は必死に気を散らそうと目を瞑った。だがたった一本の指の動きを、無視することができない。それどころかちゅぽんと音を立てて引き抜かれると、落胆に声がもれた。ぶるっとふるえた尻に、今度は二本の指を押し込まれる。

「あ、あ…、っあ、うっく」

塗り足されたジェルが、くぷ、と潰れた音を立てた。手首ごと腕を回しながら、今度は左右や上下に指を開かれる。

穴を、拡げるための動きだ。足をばたつかせて拒もうにも、狩納はまるで取り合ってくれない。使うと、そう言った言葉の通りだ。膝に載せた綾瀬の尻を潤し、性交できるよう拡げているにすぎない。鼻腔《びくう》を刺す痛みが酷くなり、綾瀬はきつく寝具を握り締めた。

「っあ、ああ…」

深く入れられた指が、ぬるぅっと腸壁《ちょうへき》を掻き出すように手前へと動く。なんの予告もなく敏感な場所を押し潰され、悲鳴じみた声が出た。

「ひァ、っああ、あ…」

唐突に与えられた刺激の強さに、体中の産毛が逆立つ。焦《じ》らされていたせいか、前立腺だけでなくその周囲までもがずくずくと熱い。まるで親切だとでも言うような手つきで、穴に埋まっていない狩納の親指が会陰を撫でた。

「あっ、や、そこっ」

敏感な場所を、内側と外から挟まれる。大きな手で、急所の全てを一摑みにされているのだ。粘膜《ねんまく》と会陰をそれぞれずりずりと指で圧されると、気持ちがいいのか怖いのか分からなくなる。

「っや…、狩さ、あ、やぁ…」

「嫌がってる面には見えねえぜ?」

尻臀を摑んでいた指が離れ、ぐっと顎を押し上げられる。汗と涙とに汚れた顔を、無遠慮に覗き込まれた。

「…ぁ、違…っ」

「こんなにだらだら涎垂らしやがって」

男の親指が、ぐいと顎をこする。ぬめった感触に、自分がしたたるほど涎をこぼしていることを教えられた。手で拭う間もなく、胡座に組んだ足を揺すられる。土踏まず、なのか。腹の下の足を器用に持ち上げ、ぐり、と股座を押された。

「ひあっ」

器用さに欠ける足で股間を探られ、予期していなかった刺激に腰が撥ねる。尻が揺れると、じっとしていろと言わんばかりに穴に埋めた指を捻《ひね》られた。

「や、ぁあっ、待っ…」

「こいつもさっきからべとべとだしな。服が汚れちまう」

足の動きは、手ほど力加減が利かない。拇《ぼ》指球《しきゅう》でぐりっと性器を探られると、いつもとは違う興奮が腰を包んだ。じんじんと熱を持つそれは、もうすっかり勃起してしまっている。

「…うぅ、あっ違、これ…」

尻を掻き回され、会陰をいじられただけで性器を硬くするなんてあり得ない。ましてや掌で尻を撲たれ、足で性器をいじられても萎えないなんて信じたくなかった。

「違うのかよ」

笑った男の手が、腰の下へともぐってくる。掌で胸を手探りされて、ぐっと尻が撥ね上がった。唾液で汚れた指で、ふるえる乳首をつままれる。弾力を確かめるように乳輪ごと引っ張られると、強い痺れが背中を走った。

「ぃあっ、…あァ」

狩納の指に乳輪を挟まれると、そこがいかに硬くなっているのかがよく分かる。先端の乳頭を転がすように揉まれ、じわっとした気持ちよさが腰に溜まった。

「ひ、ァ…」

「イきそうじゃねえか」

張り詰めた性器を、足でやわく押し上げられる。

射精、してしまいたい。狩納の言葉に、そのことしか考えられなくなる。自分から腰を突き出そうとすると、尻に埋まった指を曲げられた。

「ぁ…」

「イきてえか?」

ぶるっと、全身に鳥肌が立つ。だが、頷いてしまえない。助けて、と首を横に振った綾瀬に、男の口元が歪んだ。

「嫌か。ああ、だろうぜ」

落胆もなく、尻に埋まった指をにゅぶりと引き抜かれる。唐突に失せた圧迫感に、声がもれた。ジェルを注ぎ足しながら尻穴を掻き回していた男の指は、すっかりふやけてしまったのではないか。したたるほどにぬれた手で、狩納が自らのベルトをゆるめた。

「狩…」

力の失せた体を、座る形で胡座へと抱え直される。それまで視線で炙《あぶ》られるだけだった背中に、狩納の胸板が重なった。ああ、と身動ぐと、硬いものが尻に当たる。

男の、膝の上だ。それがなにかなど容易に想像がつくのに、怖くて視線を下げずにはいられなかった。

「ぁ、ひ…」

ふるえた腿を左右に割られ、がっちりと摑み取られる。子供のように大きく開かれた足の向こうに、赤黒い肉が見えた。

先端までしっかりと血液を漲《みなぎ》らせた、狩納の陰茎だ。

「っや、ぁ、無…理」

自分の白い腿と狩納の陰茎とが、一つの視界に収まる。怯えずにはいられない光景に、泣いているような声がもれた。先端の窪《くぼ》みに腺液《せんえき》を滲ませる狩納の陰茎は、恐ろしいほどに大きい。ただでさえ小柄な自分とは、あまりにも違いすぎる。

一昨日だって、同じものを目の当たりにした。それどころか、これを尻の穴で受け入れさえした。頭では理解できていても、改めて目にすると血管を浮き立たせる姿にふるえが湧く。

「お前は無理でも、俺はそうじゃねえんだ」

綾瀬の両膝を寝台に下ろし、狩納が己の陰茎を指で支えた。体を前に倒し、逃げられるかと言えばそんなわけもない。牙を持つ大型の獣に、背中から伸しかかられるのと同じだ。とろけきった尻穴に陰茎を押しつけられ、瘦せた背中がしなる。

「あァ、ひ」

避妊具に包まれていない亀頭は、むっちりとして熱い。まだ口を閉じきれていない穴に密着させられると、きゅっとそこが吸いつくのが分かった。

「っああ、あ、や、怖…い…」

指でしっかりと狙いを定め、体重を乗せて押し入られる。悶え、逃げようとする両腿を摑まれ、もう一度背後から抱え上げられた。

「ひっあ、あァッ」

太い陰茎が、深く入り込んでくる。

もう指で支えていなくても、充実した肉は外れたりしない。胡座を掻いた男の上に、ゆっくりと引き下ろされた。背中に、汗が噴き出す。ぐぷ、と入り込む陰茎の動きと、持ち上げられた自分の重みを意識せずにはいられない。ほんの少しでも腕の力をゆるめられれば、際限なく陰茎が入り込んでしまいそうだ。

「あっあ…、ひ…」

苦しくて唇を閉じていられないのに、こぼれるのは苦痛を訴える声ばかりではない。たっぷりと指でいじり回された前立腺を圧され、びくっと爪先が撥ね上がった。

「っあ、ァあ、はっ…」

張り出した肉を前立腺に押しつけたまま、体の重みで下がろうとする尻をゆすゆすと揺さぶられる。足や膝をついて、踏ん張ることもできない。狩納の腕に抱えられ、両足は浮いてしまっているのだ。どこにも感覚を逃しようがなく、綾瀬は声を上げて身悶えた。

「ひ…」

みっちりと勃起した陰茎に敏感な場所を繰り返し捏ねられて、目の前に光が散る。

射精してしまったと、そんなことさえ自覚できなかった。ぺちんとぬれた音を立て、性器が綾瀬自身の肌を打つ。茫然と見下ろした視界のなかで、揺れる自身の性器が精液をこぼしていた。

「あぁ…、あ」

飛び散った精液は、量が多いとは言えない。だがこんな格好で狩納の陰茎を咥えながら、射精してしまったのだ。衝撃と恥ずかしさとに、頭の芯がぐらぐらと煮える。

喘ぐ綾瀬の肩口に顎を引っかけ、狩納が汚れた股座を覗き込んだ。

「イっちまったのか」

ふるえた性器の先端から、むず痒《がゆ》くなるような動きで精液がしたたる。膝を閉じようとする綾瀬を無視して、狩納がさらに身を乗り出した。

「や…、ぁあ…」

見ないで欲しい。

羞恥に煩悶《はんもん》する体を揺さぶられ、性器と同じように腹が疼く。汚れた股座から視線を外さないまま、狩納が顎先で綾瀬の髪を掻き分けた。

「イっちまったわけじゃねえか。俺にイかされちまっただけ、か」

かじ、と耳殻《じかく》に歯を立てられ、肩が竦む。

それは果たして、揶揄と呼べるのか。

直接耳へと注がれた響きに、ああ、と呻きがもれた。

「な、に…を」

そこには確かに、皮肉が混ぜられていたはずだ。あるいは、自嘲《じちょう》か。

響きの意味が知りたくて、綾瀬は男を振り返ろうとした。

「お前は、イきたくなかったんだもんなァ」

熱い息に混ぜられた声には、今度こそ明確な皮肉が滲む。だがその意味を正しく理解されることなど、狩納は期待していないのだろう。視線を合わせるのより早く、逞しい腕に腿を引き上げられた。

「ひ…ァっ、待、あ」

限界まで広げられた穴のなかで、ぬぶ、とジェルにまみれた陰茎が動く。寝台に転がされて繋がる時とは、感覚がまるで違う。不安定な体を狩納の意志だけで揺すられて、縋るもののない不安に声がもれた。

しっかりと張り出した陰茎の段差が、敏感な場所を掻き上げては奥まで戻ってくる。そのたびにごりごりと気持ちのいい場所を抉られ、白い尻が悶えた。

欲しい場所に、自分からこすりつけようとしているみたいだ。実際もしそうするだけの自由があれば、恥知らずにも尻を突き出していたかもしれない。だががっしりと抱えられ、支えるもののない爪先がゆらゆらと揺れるだけだ。

「っいぁ、あ…ッ」

膝裏に喰い込む男の腕から、わずかに力が抜ける。訪れた浮遊感に、悲鳴じみた声が出た。

完全に、手を放されたわけではない。だが悶えた体を下からも突き上げられ、腹のずっと奥にまで痺れが走る。

「ァう、ぁっ、深…」

入り込んではいけない場所に陰茎が届いてしまう感触に、ぎゅうっと爪先が丸まった。駄目、と叫んだつもりなのに、射精したばかりの陰茎が撥ねる。溶けそうな熱さと突き上げられる苦しさに、目の前で何度も光が散った。

「あっ、狩納、さ…ァ、ああっ」

逞しい腕が、悶える体を再び引き上げる。

ほっと息を吐く間もなく、下から腰を突き上げられた。そのまま前後に捏ねられると、息が継げない。前立腺ごと掻き回され、気持ちよさに仰け反ればまたしても腕の力をゆるめられた。

「ひ、っ…は、はぁっ」

何度も繰り返され、どん、と突かれるたびに掻き毟りたくなる痺れが足の裏を覆う。前立腺を抉られる、ぞわぞわする気持ちよさとは違う。もっと重く吐き気を伴うような興奮に、綾瀬は摑んだ腕に爪を立てていた。

「ああっ」

押しつける動きで腰を回され、なにかが弾ける。

また、射精してしまったのか。

混乱のまま瞬くが、綾瀬の性器は力をなくして揺れているだけだ。だが皮膚の下がざわつくような感覚は、消えてくれない。あふれ出した気持ちのよさが波のように指先や爪先を浸して、ぐずぐずと体を溶かす。

「あ…」

大きく腰を回されると、それだけで新しい快感が爆ぜた。

舌先までがびくびくと引きつって、自分がちいさく絶頂に達したことを知る。

「エロいイき方ができるじゃねえか」

低い声が、耳を囓りながら笑った。

きゅっと締まった綾瀬の尻穴のなかで、逞しい肉が脈打つ。全身の産毛が逆立ち、吐き出しようのない気持ちのよさに肌がざわついた。

「ぁ、狩、納さ…」

呻いた顎を取られ、唇に舌を伸ばされる。鼻先に鼻が当たると、互いの顔の近さに場違いにも安堵した。もらした息ごと、男の唇に含み取られる。

「んぁ…、ふ」

唇の表面を擦り合わせただけなのに、じわりと口腔までもが甘く痺れた。薄い唇が、角度を変えて唇を吸ってくる。あやすようなキスは、怖いくらい自分を追い上げる男が与えるものとは思えない。

ぞわりと舌のつけ根が疼いて、綾瀬は唇を開いた。

「楽か？」

夢中になる舌先に、掠れた声を注がれる。

力の入らない体で、綾瀬は瞬こうとした。

「俺に好き勝手されるのは、楽か？」

頬に擦りつけられた狩納の鼻梁《びりょう》は、汗でぬれている。明確な興奮が、そこにはあるはずだ。だがまるで冷たい手で心臓を握られた気がして、綾瀬は睫を揺らした。

掠れた狩納の声音に、責める響きは含まれない。それは、問いですらなかった。ただ端的に、男は事実を口にしたにすぎない。

否定したくて、綾瀬は首を横に振ろうとした。だが体は重いばかりで、動いてくれない。そもそも、本当に違うのだろうか。答は自分のなかにしかないはずなのに、上手く手が届かない。狩納の言葉の意味さえ、熱に濁る頭では正しく理解できているとは言えないのだ。

そうだとしても、口を開かなければ。

さっきだって、答えられなかった。いや、いつだって、自分は必要な言葉の半分も口にできていないのだ。

「あ…」

呻いた綾瀬の唇を、ぬれた舌がべろりと舐める。割れ目に添って動き、噛みつくように口づけられた。

すぐに熱い舌を含まされ、ぞわりとした気持ちよさが喉の奥にまで広がる。

「ん、んぁ」

呑み込むことができなかった息に、狩納が笑った。それは、ひどくやさしい。

「全部、俺のせいにしていいんだぜ」

甘く舌先を噛んだ男が、白い腿を支え直した。待って、という訴えは声にならない。絶頂の余韻《よいん》にゆるんだ体を、ぬぷりと揺すり上げられた。

「あッあ、あ…」

口づけのあたたかさとは、まるで違う。腿に指を食い込ませた狩納が、うねる粘膜を追いかけて腰を打ちつけた。乱暴なはずの動きにさえ、とろけきった粘膜が絡みつく。

「狩、ァ…」

口にしなければいけない言葉が、声にならない。

頭のなかまで掻き混ぜられ、綾瀬は注がれる飛沫《しぶき》の熱さにふるえた。

コーヒーの香りに、しくりと胃が痛む。

薄い鳩尾《みぞおち》へと、綾瀬は無意識に掌を置いていた。無論、コーヒーに罪があるわけではない。掌のぬくもりを感じながら、広げられた雑誌に目を落とす。

誌面には、派手な色の車たちが誇らしげに並んでいた。格好いいその姿に、普段の綾瀬ならば胸が躍ったに違いない。だが今日は、何度目で辿っても上手く頭に入ってこなかった。

この部屋から望める光景も、同じだ。

硝子で仕切られた向こう側には、明るい作業場が広がっていた。コンクリート敷きの作業場には、すでに整備を終えた車やこれから作業を待つ車たちが並んでいる。珍しい車種も多く、まるで豪華な展示場のようだ。

本田の仕事場は、なにもかもが目新しい。心浮き立つはずのその場所で、綾瀬は一人商談室の椅子に座っていた。

ここへの立ち寄りが決まったのは、つい先程のことだ。大学まで綾瀬を迎えに来てくれた久芳の元に、狩納から連絡が入った。本来なら夕方に久芳が一人で訪れるはずだったが、どうしても予定を変える必要が出たらしい。結局綾瀬を連れたまま、作業場に寄ることとなった。

「すまねえな、綾瀬君まで待たせちまってよ」

がちゃりと開かれた扉から、飾り気のない声が飛び込む。繋ぎ姿の本田が、ずかずかと商談室を横切り棚から幾つかの書類を引き抜いた。

「いえ、お構いなくお願いします」

コーヒーご馳走《ちそう》様です、と、綾瀬が生真面目に頭を下げる。

慣れない場所で綾瀬が緊張せずにすむよう、気遣ってくれたのだろう。仕事用の書類と共に、本田が数冊のスクラップブックを手に取った。分厚いそれを、男が綾瀬の目の前に積み上げる。

「久芳の野郎の用件もすぐに終わるからよ。それまでこいつでも眺めて待…って、綾瀬君、大丈夫か。顔色悪いぜ」

最初は、照明のせいかと疑ったらしい。頭上を振り仰いだ本田が、ずいと綾瀬を覗き込んだ。

「久芳、呼んでくっか？」

心配し、すぐに戸口へと目を向けた男を綾瀬が慌てて引き止める。

「すみません、平気なんです。ちょっと、寝不足で…」

「寝不足？　それだけか？　ちゃんと食ってんだろうなおい。どんな頑丈な車だって、ガソリンなしじゃ走んねえんだからよ」

大丈夫だ、と首を振る綾瀬を眺め回し、本田がもう一度棚に向かう。物入れをがさがさと探った男が、白いビニール袋を手に戻った。

「これ…」

おら、と突きつけられた袋を、綾瀬が怖ず怖ずと覗き込む。可愛らしい絵が描かれた袋に詰められていたのは、パンだ。華やかな総菜《そうざい》パンとは、少し違う。懐《なつ》かしい風合いのメロンパンや餡パン、ハムロールたちが無造作に収められている。どう見ても、本田の私物なのだろう。驚く綾瀬に、男が顎をしゃくった。

「昼飯買いに行ったらおばちゃんがおまけだってくれてよ。俺ァ勿論昼飯食ってっから、綾瀬君食え。美味《うま》いぜ」

「あ…、ありがとうございます」

確かに、美味しそうなパンたちだ。おまけと呼ぶには、豪華すぎる気がする。しかしこうしたものを遣り取りする交流があるのは、いかにも本田らしい。

ふんわりと、いい香りがする。だが残念なことに、腹は特に減っていないのだ。このところあまり空腹を感じず、今日の昼になにを食べたかも思い出せなかった。

「そう言やこの前、綾瀬君をデパートで見た気がするぜ」

ビニール袋を覗く綾瀬を見下ろし、本田が思い出したように眉を上げた。

驚きに、大きく心臓が撥ねる。何日か前の、休日のことか。心当たりは、勿論あった。

「狩納社長と一緒だっただろ？　ちらっと見かけただけだから、声はかけられなかったんだけどよ」

含みのない声で告げられ、綾瀬が薄い体を一層ちいさく縮こまらせる。

「ほ、本田さんも、お買い物だったんですか…？」

あの時、自分も本田に気づいていた。その上で、身を隠したのだ。申し訳なさにうつむく綾瀬には気づかない様子で、本田が頷いた。

「おう、連れとな」

「…車のカスタムをお願いされた、お友だちとですか？」

百貨店で見かけた青年の姿を、思い出す。眼鏡をかけていたので顔は判然としなかったが、均整の取れた体つきをした青年だった。あんな物静かそうな人物が、本田に愛車の改造を依頼したのだろうか。

「んあ？　そいつじゃあねえな。カスタムの件は、まだごたごたしててよ。なかなか進んでねえんだ」

「大変ですね。確か、依頼された方が、色々迷ってらっしゃるとかって」

苦い声をもらした本田に、綾瀬が記憶を辿る。

「あー、迷うのはいいんだぜ？　自分の大事な愛車だ。好きなだけ悩んで、これだと思ったスタイルにすりゃあいいい」

大きく手を振った本田に、綾瀬が華奢な首を傾げた。ではなにが、問題なのか。不思議そうな顔をした綾瀬を見下ろし、本田が逞しい腕を組んだ。

「俺のダチってのが、自分の意見をはっきり言わねえ野郎でよ。希望がねえわけねーんだから、ばしっと言ってくれりゃあいいのに」

それが世間話の延長でしかないことは、綾瀬にもよく分かっていた。だがまるで自分の弱さを責められた心地がして、肩が揺れる。

全くの、被害妄想だ。頭では理解できても、喉の奥がきゅっと苦しくなる。

自分の意見を、はっきりと言えない。それはこの数日来、綾瀬の胸を蝕《むしば》んできた問題の本質と似ている。

百貨店から帰った翌々日、自分は狩納を怒らせてしまった。

二度と賭けをしたくないという主張そのものが、男を失望させたわけでないだろうことは綾瀬にも分かっている。狩納はなにも、綾瀬と賭け事をすることにこだわっていたわけではないのだ。

ならば何故、狩納はあれほど怒ったのか。

ああして欲しいだとか、こうして欲しいだとかお前は腹のなかを吐き出すのが嫌なんだろうと、男は言った。

咄嗟に違うと否定したが、しかしそれは真実だっただろうか。狩納に主張した通り、男に対して隠し事をしたいとは思わない。だが自分の希望を言葉にしろという意味であれば、綾瀬は得意とは言いがたかった。

わがままを言えと促してもらってさえ、上手い甘え方は今だってよく分からない。そんな綾瀬の気質を、狩納も理解してくれているのだと思っていた。

それこそが甘えであることは、痛いほどに分かる。だからこそ、狩納もあれほど腹を立てていたのだ。

蘇る記憶に、再び鳩尾がしくりと痛む。

尤《もっと》もあの夜も、狩納はただ怒っていたわけではない。苛立ってはいたが、しかしそれ以上に疲弊していたのではないか。そんな自分の想像にも、胃が重苦しさを増す。

失望、させてしまった。

その現実を前に、どう弁解すればいいのか分からない。たとえこれが正解だという完璧な弁明を与えられたとしても、それを男の前で主張できる自信はなかった。

もう賭博は嫌だと告げた夜以来、狩納と勝負はしていない。男の仕事が忙しく、ゆっくり顔を合わせる機会が少ないせいもある。だが実際顔を合わせても、狩納は賽子を突きつけてくることをしなかった。あの夜以来、変化があったとすればそれだけだ。狩納は話を蒸し返すこともなければ、同じ言葉で綾瀬を責めもしなかった。一見すれば、賭けを始める以前の生活に戻ったかのようにも思える。

だがそれは、幻想だ。あの夜狩納が見せた痛みの色は、紛れもない事実だった。

「おい、綾瀬君？　大丈夫か？」

物思いに沈んでしまった綾瀬を、本田が覗き込む。

久芳を呼びに行くべきか、再び迷ったのだろう。だが話を聞くことこそが先決だと、判断したのかもしれない。がたがたと椅子を引き寄せた男が、そこに腰を落ち着けた。生真面目な本田の気遣いに、遅まきながらはっと我に返る。

「あ、すみません、あの、俺…、大丈夫、です。この前、カスタムは全部、本田さんのお任せになるかもって、お話だったのかなと思って」

慌てて、綾瀬は擦り抜けそうだった話題を引き寄せた。

「結局はそうなるかもしんねえが、全部丸投げられてもよ」

率直な声に、ずくりと胃が痛む。

そんな必要もないのに、言葉の全てが心臓に刺さる心地がした。

「丸投げ、ですか」

「テメェの意見言わねえで、こっちの好き勝手やれって言ってくんだ。丸投げだろ」

反論できる言葉はない。そもそも反論の必要さえ、綾瀬にはないのだ。

押し黙った綾瀬に、本田が唸る。

「仕事頼んできたダチとは長ぇつき合いだ。そいつの好みもよく分かってっから、確かに俺が勝手にカスタムしまくっても、そこそこのもんはできると思うぜ」

頷いていいのか否かも、分からない。相槌《あいづち》の一つも打てない綾瀬に、だがよ、と本田が長い腕を組み直した。

「そうしちまうと、結局仕上がった車がどんなに俺的にイケてよーが、全部俺の独りよがりで終わっちまう可能性もあるじゃねえか」

「そんなこと…！」

思わず、高い声が出る。

そんなこと、ない。

叫んだ綾瀬に、本田が驚いたように瞬いた。綾瀬がこんな大きな声を上げるなどと、思っていなかったのだろう。綾瀬自身驚いて、薄い胸を喘がせた。

「……本田さんのお友だちは、本田さんに丸投げしたいとか、そう思ったわけじゃないんだと、思います」

胸の内を言葉にするのは、いつだって難しい。それが自分の弁明めいたものであれば、尚更だ。

そうだ、これは弁明に他ならない。自覚すると、喉の奥に耐えがたい苦さが広がった。

「お友だちは、きっと、本田さんが仕上げて下さるものが一番いいって、そう考えてお任せしたんだと、思います。本田さんが自分のために作ってくれるなら、不満になんて思うわけがないです。そうやって仕上げてもらえるものが、自分にとっても一番嬉しいって…」

なにを、言っているんだろう。

言ってしまえば、そんなものは依頼者自身の都合でしかない。本田が問題にしているのは、まさにそうした身勝手さだ。分かっていながら弁解しようとする自分に、綾瀬は冷えた指先を握り締めた。

「かもな」

否定することなく、男が頷く。

驚き目を瞠る綾瀬の視線の先で、本田がビニール袋を引き寄せた。

「俺も任されりゃあ全力をつくすからよ、後でこんなの俺の本意じゃなかったなんて言わせねーくれえ、イカした車に仕上げる自信はあるぜ？」

気負いなく告げ、本田が餡パンを手に取る。きれいな焼き色がついたそれを、男が器用に二つに割った。

「自信はあるが、折角だ。イカした車ってだけじゃなくて、サイコーにイカした一台ってのにしてえじゃねえか」

パンの片割れを突きつけられ、綾瀬が瞬く。受け取れ、と促されても、すぐには動くことができなかった。

「綾瀬君が言う通り、任せてえって奴には任せてえって奴の意見ってのがあるのも分かるぜ？　好きにしろって言われてがんがん好きにしちまうのも悪かねーかもしんねえけどよ、俺ァそれじゃあ張り合いがねえ。相手がダチで、そいつの愛車ときた日には尚更だ」

芥子《けし》の実が飾られたパンを、手のなかに落とされる。じわりと、喉の奥に詰め込まれていた冷たくて固いものが、熱を帯びるのが分かった。

「本田さん…」

「まあ見てろ。一方通行のままちんたら走ってるより、正面衝突食らわせる覚悟でぶつかった方がマシだろ？　今夜あたりあいつ峠《とうげ》に出てやがるだろうから、本人がんがん追い立てて、腹んなか全部ぶちまけさせてやるぜ」

きっと本田の言葉は、冗談や誇張などではないのだろう。必要とあれば友人の車に齧りつき、洗い浚《ざら》い必要な事柄を吐き出させるに違いない。そうやって、最高の一台を作るのだ。

頼もしい。そう称賛するには些《いささ》か極端かもしれないが、本田は決して妥協などしないのだ。お手やわらかに、と依頼者である友人の代わりに願い出たくなるのを、綾瀬は甘いパンの香りと共に飲み下した。

「……お友だちさんの車、最高の仕上がりになるといいですね」

心から、そう願う。

礼を言って餡パンに齧りつくと、本田もまたがぶりとパンにかぶりついた。

「おう。予算オーバーしねえかだけが心配だがな」

やっぱり宝くじ当てるしかねえよなあ、と呻いた男に、綾瀬が頷く。

「本田さんなら、きっと当たりますよ。…そうだ、染矢さんとは…」

思わず口にしてしまった名前に、本田が首を傾げた。

「あ？　染矢がどうした」

「いえ、あの…、仲直り、されたかなと、思って…」

出すぎたことだとは思ったが、迷いながらも口にする。考える素振りなど微塵も見せず、本田が首を大きく縦に振った。

「おう。すげえ仲よくしてるぜ」

屈託《くったく》なく笑われて、ほっと体から力が抜ける。よかったです、と唇を綻ばせ、綾瀬は鳩尾へと右手を当てた。

舌を満たす、餡の甘さのお蔭だろうか。この数日で初めて、胃にほわりとしたあたたかさが広がる。

よかったです、と繰り返し、綾瀬はやさしい味のするパンを囓った。


玄関の扉が開く。

その微かな気配に、綾瀬は両手の指を強く握り締めた。心臓が二回りも大きくなったかのように、どくどくと煩い音を立てている。

深く息を吸い、綾瀬は肺に酸素を取り込もうと努めた。指先が、緊張に痺れる。やはり、玄関まで迎えに出るべきだっただろうか。そう考えた時、大柄な男が居間の入り口をくぐった。

綾瀬の存在に気づいた狩納が、足を止める。男にしては珍しく、不思議そうに眉を寄せた。不審そうな表情だったのかもしれない。いずれにしても、それは見る者の背筋を凍らせずにはおかない顔だ。

「なにやってんだ、お前」

訝しげに、狩納が尋ねる。

当然だろう。居間の床に座る綾瀬の前には、ぴかぴかに磨かれた高価なクリスタル硝子製のボウルが置かれていた。その隣に並ぶのは、賽子だ。他にも花札にトランプ、コイン、駒《こま》の揃ったボードゲームまでもが、几帳面に広げられていた。

用意していた言葉を口にしようとして、綾瀬が喘ぐ。何十回と、胸のなかで繰り返したものだ。だがこうして男を前にすると、頭のなかなど一瞬で真っ白になってしまう。

「綾瀬？」

「お、俺と、勝負して下さい」

ふるえそうな声を、絞り出した。

　ぐらぐらと、体まで揺れてしまいそうだ。正座した姿勢を崩すまいと拳を握った綾瀬を、男の双眸が見下ろした。

「あ？」

　低い声で唸られ、背筋に冷たい汗が流れる。怖い。こんな男になにかを願い出るなど、狂気の沙汰《さた》ではないのか。それが今まで一度ならず、自分が何度も拒んだ博打となれば尚更だろう。

　こんなこと、やっぱりやめるべきだ。叫ぶ声が胸のなかで暴れるが、綾瀬はそれを全身でねじ伏せた。

「俺と博打で、勝負して下さい」

　もう一度、叫ぶ。

　今度は、狩納も訝しそうな顔をしなかった。忌々《いまいま》しげな表情も作らず、ただ眉を引き上げてみせただけだ。

　面白がる仕種《しぐさ》でないことは、よく分かる。ぎりぎりと胃が軋《きし》みを上げる綾瀬の視線の先で、狩納が手にしていた荷物を置いた。上着を脱いで、ゆっくりと近づいてくる。

「なにを賭ける？」

　賭け事が嫌だと駄々を捏ねたのは、テメェだろう。

　狩納は、そう綾瀬を切り捨てはしなかった。この数日間がそうであったように、あの夜の諍《いさか》いなどなかったかのように見下ろしてくる。だが、あれは実際に起きたことだ。狩納が決して忘れていないことも、綾瀬には理解できていた。

「賭けれる金はねえんだ。体か？　また俺に好きにされてえって？」

まるで傷口を撫でるように、狩納があの夜と同じ言葉を辿る。警告だと、すぐに分かった。賽子を振る必要もないと、そう言うのだ。

確かに、結果は見えているかもしれない。

勝負慣れした狩納と自分とでは、確率に頼るゲームでさえ勝敗に大きな差がついた。狩納が言う通り、負けを望むのでない限り勝負に打って出るのは愚《おろ》かだ。

分かっていても、綾瀬が選べるのはこの道しかなかった。無論、負けたいわけではない。

勝ちたくないのかと、そう染矢に尋ねられた時自分はすぐには答えられなかった。だが今夜は、はっきりと言える。

負けるわけには、いかないのだ。

唇を引き結ぶ綾瀬を見下ろし、狩納が上着から煙草を取り出す。火の点《つ》いていないそれを唇に咥え、男が床に置かれたカードを見下ろした。

「俺が、勝ったら…」

喘ぐようにもらした綾瀬に、狩納が瞬く。笑みのない眼に、ぎゅっと肺を押し潰される心地がした。

「お前が勝ったら、なんだ？　賭け事はしたくねえってあんだけ言ってたくせに、欲しいもんでもできたか」

残酷な言葉を選び、狩納が眉を引き上げる。

男の、言う通りだ。自分から拒んでおいて、結局それを強請ろうとしている。本当に、虫がいい。

だがどうしても、欲しいものがあるのだ。

「俺が勝ったら、俺の奴隷になって下さい…！」

今にも爆発しそうな心臓を抱えて、唇を開く。出せる限りの声で叫べば、呆気に取られたような眼が綾瀬を映した。

まさかそんな要求を突きつけられるとは、思っていなかったのだろう。そもそも綾瀬からなにかを望まれることとさえ、狩納には稀なのだ。ぽかんとした男の唇から、煙草が落ちそうになる。実際落ちかけていたそれを、狩納が唇から抜き取った。

「…あ？」

「賭博は…、よくないことです」

ふるえた声に、再び狩納の眉根に皺が寄る。歯を剝かれかねない剣呑さに、綾瀬は怯《ひる》んでしまいそうな己を叱咤《しった》した。

「狩納さんが言う通り、きっとのめり込むと、自分じゃやめられなくなるだろうし、お金を賭けても賭けてなくても、絶対駄目なことだって、分かってます。…よく、分かってますが…」

そんなもの、狩納には飽き飽きする話でしかないのだろう。だったら、と腹立たしそうに吐き捨てようとした男の前で、綾瀬はトランプを手にした。

「だけど…」

ふるえる手で、まだ新しいカードを切る。

狩納の手さばきとは、比べようがない。だが冷えきった指で、綾瀬は丁寧にカードを切った。一番上の一枚を狩納に差し出し、一枚を自分で手にする。

インディアンポーカーは、単純なゲームだ。人数が減れば、尚更そうなる。二人ならば、手札となった一枚の一騎打ちでしかない。

引いたのがどんなカードであれ、綾瀬の手の内など最初から隠しようはないのだ。でも今夜だけは、勝ちたいとそう思った。

「だけど、お願いします…！　俺が勝ったら、もう一度、俺の奴隷になって下さい。それで、俺にもちゃんと責任を、取らせて下さい…！」

楽か、と。

俺に好き勝手される方が楽かと、狩納は言った。

一方的に奪われるのは、誰にとっても辛いことだ。綾瀬自身、狩納と生活を始めた当初はなにもかもが恐ろしかった。

だがあの時でさえ、狩納はただ綾瀬を痛めつけ傷つけたわけではない。いつだって、狩納はやさしかった。

お金を貸して欲しいと、綾瀬が無茶な願いを口にした時だってそうだ。綾瀬が本当に望んだのは、金などではない。だがそんなふうにしか言葉にできない綾瀬のことすら、狩納は責めなかった。

狩納は、そういう男だ。

お前は仕方なくここにいるのだ、と。お前は悪くないのだと、常に言葉に出すことなく綾瀬を守ってくれた。

寝台でどれほど恥ずかしい姿を晒そうと、それもまた不可抗力でしかない。綾瀬は被害者であり、どんな責任も負う必要はないのだと、言い訳できるだけの余地を狩納はいつだって残してくれていた。

甘やかされて、いたのだ。

好き勝手できるのは悪くないが、それだけでは張り合いがない。互いの意見を積み上げてこそ、最高の一台が仕上がる。

そう言った本田の言葉は、後ろ暗い綾瀬の胸にぎざぎざとした爪を突き立てた。

本田の憤《いきどお》りは、そのまま狩納の苛立ちでもあるのだろう。自己弁護をするなら、綾瀬は狩納に責任の全てをなすりつけたいと思ってきたわけではない。ここに自分がいる、それが結論だと思っていた。

逃げられないだけでなく、綾瀬自身が望んで狩納の傍らに置いてもらっているのだ。戸惑《とまど》うことも、確かにあった。だがその気持ちも引っくるめて、自分自身のわがままを狩納に叶えてもらっているのだと思っていた。

本田は車の整備を話題にしていたが、それはそのまま人間関係という言葉に置き換えられるのではないか。

上手く胸の内を言葉にできない綾瀬を、狩納は理解してくれていると考えてきた。実際、狩納は誰よりも綾瀬の弱さを理解してくれているだろう。その上で、甘やかしてくれてきた。

だが、それだけでは駄目なのだ。

狩納が与えてくれるものの上に胡座を掻いているだけでは、駄目なのだ。それが狩納を傷つけているのならば、尚更だった。

「お願いします…！」

声を振り絞り、綾瀬は手にしたカードを額に押し当てた。

額に構えた手札がなになのかは、狩納からは見えても綾瀬自身には分からない。この札が強いのか弱いのか、狩納の眼を見ても綾瀬にはまるで読めなかった。そもそも狩納が、この勝負に乗る義理はないのだ。

じわりと、胸に冷たいものが滲む。

自分なら勝負の席に着かないと、そう言った染矢の言葉が耳に蘇った。自分だって、そうだと思ったはずだ。勝負運のない自分は、勝負所さえ心得ていなかったらしい。

鼻腔の奥を、冷たい痛みが刺す。自業自得だ。ふるえた指から、カードが落ちそうになる。ぎゅっと力を入れた指ごと、大きな影が視界を覆った。

「狩……」

名前も呼べないまま、逞しい腕に摑まれる。力任せに体を引き上げられ、厚い胸板に鼻先が埋まった。

「取ってもらおうじゃねえか」

旋毛《つむじ》へ落ちた声は、低い。上手く聞こえなかったその声に、綾瀬は身をもがかせた。

「え…？」

思わず尋ね返した琥珀色《こはくいろ》の瞳を、鋭利な眼光が間近から覗き込んでくる。射殺されてしまいそうだと、そう思った。

「責任」

次に届いた声も、怖くなるほどに低い。だが言葉の意味は、よく分かった。

狩納さん、と呼ぼうとした体に、逞しい腕が回る。ぎゅっと痛いほど腕の輪を狭《せば》められ、綾瀬は細い声をもらした。

「狩…」

「言え」

短く、命じられる。懇願だったのかもしれない。

自分は狩納に、こんな声ばかり出させているのではないか。

「わがままだろうが命令だろうが、なんだっていい。責任取って、全部俺にぶちまけろ」

鼻腔の奥の痛みが、酷くなる。刺すような鋭さも、眼球の裏に溜まる痺れも同じなのに、それは先程まで綾瀬を苛《さいな》んでいたもののように冷たくはなかった。

長い男の腕が、瘦軀を深く胸に引き寄せる。煙草の苦い匂いが、近くなった。

「今すぐだ」

短気な男が、精悍《せいかん》な顎を顳顬にこすりつける。鼓動が伝わる距離で急かされて、綾瀬は自分が握っていたカードを思い出した。

「まだ、勝負が…」

狩納は手札を開いてもいない。命令しろと言われても、綾瀬が狩納に勝っているとは限らなかった。

自分のカードを確かめようとした綾瀬を、狩納が益々強い力で引き寄せる。

「そんな札、でこに貼っつけといてよく言うぜ」

視界の端に映った自分の手札に、綾瀬が目を見開いた。そこにあるのは、キングのカードだ。手札の強弱は、数字の大きさに比例する。十三であるキングは、言うまでもなく最も強力なカードだ。加えて、数字が同じであればスートによって勝敗が決まる。綾瀬が額に翳《かざ》していたスペードのキングは、名実共に最強の手札だった。

「嘘…」

誓って言うが、偶然だ。綾瀬自身がカードを切りはしたが、決して不正行為を働いたわけではない。驚く綾瀬に構わず、狩納が腕のなかの痩軀をぎゅうぎゅうと抱いた。

「言えよ。どんなことでも聞いてやる」

どこまでも不遜な声に、場違いにも笑みがもれそうになる。声に出さず笑ったつもりだったが、鼻腔を刺す痛みのせいで泣いてるみたいな息遣いになった。

旋毛に鼻先を押し当てた男もまた、唸る。違ぇな。聞かせてくれ。そう静かに告げた狩納に、綾瀬はきつく男のシャツを握った。

「…どんなことでも、ですか?」

聞かせてくれだなんて言ってもらう必要なんか、一つもない。そう首を横に振る代わりに、綾瀬はできる限り明るい声を出した。精一杯の、冗談のつもりだ。だがやはり、それは泣きそうな鼻声にしかならなかった。

「俺から離れてえだとか、手ぇ出すなってのはなしだけどな」

即座に応えた狩納に、今度こそ本物の笑みがこぼれる。

「意外に制約が、多いんですね」

「当たり前だろうが。お前を放せるわけがねえ」

もう一度、即答された。

それだけは、絶対だ。迷いなく告げた男の唇が、額へと押し当てられる。ちゅっと、乱暴に響いた音は、それだからこそやさしい。

「おら、さっさと望みを言えよ。ご主人様」


「あ…、痛、い…」

声にするつもりのなかった呻きが、唇を越える。

太い指が、がっちりと腰に食い込んでいた。本当は痛いのではなく、熱いだけなのかもしれない。

摑まれ、揺すぶられる体のどこもかしこもが熱いのだ。自分が発熱しているのか、覆い被さる体が熱いのかさえ判然としない。たぷ、とぬれた音が鳴って、その恥ずかしさに腿の内側に鳥肌が立った。

「…狩納、さ…」

腰を摑んでいた狩納の指が、わずかにゆるむ。途端に頼りなさを覚え、伸しかかる体に膝を寄せた。大きく、重い体だ。筋肉に覆われた体躯が、開いた腿の間で動いていた。入念に広げられぬらされた尻の奥に、太い狩納の陰茎が埋まっているのだ。

「う、あっ、んんぁ…」

汗でぬれた男の手が、指を食い込ませていた腰を撫でる。だが慰撫する動きも、どこかそぞろだ。当然だろう。突き上げてくる狩納の動きは、射精に向けて駆け上がるためのものだ。

はっはっと頭上から落ちる息遣いも、獣のように荒い。顳顬から伝った汗が、拭われることなく綾瀬の鎖骨に落ちた。

「んあっ、…っあ」

たったそれだけの刺激にさえ、びりびりと背筋が痺れる。

興奮、しているのだ。

狩納が喉の奥で唸る様子を目の当たりにすると、それだけでぎゅっと爪先が丸まった。掻き回され続けている尻穴もまた、同じ動きで締まる。ぱちん、となにかが体の奥で爆ぜる感覚があり、綾瀬は喘ぎながら手を伸ばした。

「っ…あ、手、触……」

痛いと、そう訴えたのも綾瀬だ。同じ口で、もう一度摑んで欲しいと強請る。

拒まれる、だろうか。

その不安は、いつだってある。だが頭の芯がとろけるほどの熱のなかでは、厳重に守られた堰《せき》さえ綻んだ。繰り返し、狩納に促されたせいもある。

一方的に差し出すのではなく、好きなだけ求めろ、と。

こんな贅沢な叱責が、あるだろうか。自分はただ、差し出すふりをしていたにすぎない。そうしながら、全てを与えてもらっていたのだ。

気づいてしまえば、申し訳なさに身が縮む。そんな綾瀬さえ、狩納は責めなかった。抱き抱えて寝台に運び、全部言えと、そう促しただけだ。

お前が本当に欲しいものを、欲しいように求めろ。俺、に。不遜な口調は聞き慣れた男のものだが、そこに籠もるものの本質は、綾瀬にも理解ができた。膝を折るに等しい狩納の物言いに、喘ぎながらも唇を開く。

上手く伝えられる自信なんか、少しもない。

言葉にならず、狩納を苛立たせることも多いだろう。それでもできる限り、綾瀬は拙い言葉を押し出した。

「狩納さ…ん」

手、と繰り返した綾瀬の腰に、硬い指が再び食い込む。熱い、と思ったのは一瞬だ。すぐに離れてしまった男の指に、ああ、と泣きそうな声がもれた。

わがままが、すぎたのか。

怯えた綾瀬の尻穴のなかで、狩納の陰茎が大きく動いた。ぬぶ、と深くまで押し入られ、膝がふるえる。

悶えた綾瀬を、大きな手が真上から押さえた。腰を摑むよりきつく、ぐっと右の手首を握られる。長い指が掌にまで届いて、寝台に縫い止められた。

「あ、っあ、狩…」

しっかりと手を摑んだ男が、大腿に力を込めて体を支え直す。繋がった腰の位置が持ち上がり、体重を乗せて陰茎を突き入れられた。

「…ひァ、あっあ」

ばちんと音を立て、ぬれた肌に腿が打ち当たる。それほど深くまで入り込まれたのだと思うと、頭のなかがどろりと煮えた。縋るように手を握り返すと、密着した体から胴ぶるいが伝わる。

同じふるえが、薄い腰を溶かした。搔き毟りたいほどの性感が背骨を走って、足裏までをぞわぞわと包む。捏ねられているのは尻の奥なのに、そんな場所が気持ちよくなるだなんて、狩納と体を繋ぐようになって初めて知ったことだ。

「ぁあ、狩、納さ……」

膨れ上がるなにかが怖くて、体が内側に縮こまろうとする。ぎゅっと内腿を男の体に密着させると、こすれ合う体の熱さに声がもれた。張り詰めていた性器が、体の間で弾ける。射精してしまったのだと自覚するより先に、伸しかかる男の体が重みを増した。

「あぁっ、あ…」

行き止まりだと思える場所にまで、ごり、と陰茎が届く。悲鳴の形に唇を開くと、強く亀頭を押しつけられた。

皺が伸びきるほど広げられた尻穴が、射精の衝撃に窄まろうとする。それに搾られるまま、狩納が喉の奥で呻くのが聞こえた。堪えていたものが崩れる瞬間のその声に、綾瀬もまたぶるっとふるえる。自分自身の射精以上になまあたたかな性感が腹を満たして、綾瀬は声を上げていた。

「…っあぁ、んぁ…」

びくびくとふるえる痩軀に、狩納が尚も体重をかけてくる。獲物を逃がすまいとする、動物と同じだ。しっかりと固定された体に、熱い飛沫を注がれた。

「ひ、ん…んっ…あ」

射精を続ける間も、狩納は腰の動きを止めようとしない。

深い場所を亀頭で小突き、ゆるく抜き差しされる。大柄な体格に見合う狩納の陰茎は、怯えずにいられないほど大きい。丈を活かしてゆっくりと出し入れされると、長く続く刺激にがくがくと膝がふるえた。

「ああ…」

こんなにも長く、注がれるのか。

ようやく狩納が動きを止める頃には、のたうつ力さえ残ってはいなかった。満足するまで、注がれる。大きく息を吐いた唇に眦を吸われ、綾瀬は力なく瞬いた。

いや、瞬いたつもりだっただけか。熱い体に覆い被さられ、瞼が落ちる。吸い込まれるように眠りに沈もうとした綾瀬の唇に、荒い息がかかった。

何一つ隠すことも、取り繕うこともしない息遣いだ。

あたたかな唇が、飢えたように重なってくる。気持ちがいい。汗にぬれる狩納の体にもそれが発散する熱にも、堪らなく安堵する。求められたわけでもないのに、綾瀬は唇を開いていた。

「ん…」

驚いたように、狩納が顎先を揺らしたのは一瞬のことだ。

すぐに重なった唇から、熱い舌が伸びてくる。息が切れて苦しいが、首を振って拒もうとは思わなかった。

「う…ん、ん…」

自分より厚みのある舌が、ずっぷりと口腔を満たす。戸惑う舌を、器用な舌先でくすぐられた。直接触れ合った粘膜だけでなく、口蓋《こうがい》や喉の奥にまでぞわりとした痺れが広がる。んう、と呻くと、その振動が狩納にも伝わったのだろうか。口腔のなかで舌が揺れ、もっとよこせと言うように奥へともぐられた。

「ぁう…、あ」

呻いた息ごと、呑み込まれる。角度を変えるたび、舌先で口蓋をくすぐられると、萎えたはずの性器がじわりと痺れた。

「綾瀬」

唇が触れる距離で、名前を呼ばれる。キスの名残《なごり》のように、ちろりと唇を舐められた。そのあたたかさと足りない酸素とに、瞼が落ちる。

「眠いのか」

問いというより、独り言に近かったのかもしれない。短いキスに続いて、狩納が身動ぐ。ぐぷ、と濁《にご》った音を立て、繋がった場所で陰茎が動いた。ぞくぞくと首筋に鳥肌を残し、まだ十分に太い狩納の肉が退く。

抜けて、しまうのだ。

張り出した雁首に尻穴の縁を捲られ、あ、と唇が開く。だが瞼を押し上げることはできなかった。体の内側に大きな喪失感を覚え、ぶるっと背筋がふるえてしまう。実際、狩納の陰茎を引き抜かれたのだ。ぽっかりと支えを失ったように、体の関節がゆるむ。覆い被さっていた体の重みまでもが失せて、綾瀬は爪先を引きつらせた。

「いいぜ。目ぇ閉じてろ」

目を開けようともがく綾瀬の目元を、大きな掌が覆う。押し潰されそうな眠気に襲われたが、まだ駄目だ。伝えなければいけない言葉が、あるはずなのに。

子供のようにぐずる綾瀬の下腹に、あたたかな掌が重なった。

「っ、あ…」

薄い腹は、汗やそれ以外の体液でぬるりと汚れている。風呂を使いたかったが、そんな力もない。男の手をこれ以上汚さないよう、綾瀬が寝返りを打とうとする。それを拒絶と受け取ったのか、狩納がちいさく笑った。

「暴れるな。無茶する気はねえ」

囁きは、綾瀬の意識に届くことを期待したものではなかったのかもしれない。子供に言って聞かせるように、耳の真横で宥《なだ》められた。

「…ぁ…」

「力抜いてろ」

命じた男が、何事かを思いついたらしい。喉の奥で笑い、狩納が改めて耳元へと唇を寄せた。

「力を抜いていて下さい。ご主人様」

ぴく、と爪先が撥ねる。親指が引きつって、瞼が持ち上がりそうに揺れた。声も上げられない綾瀬を笑い、狩納が薄い下腹を圧した。

「ん、ぁ…」

臍から下方に向けて、拇指球を使ってゆっくりと圧迫される。つい今し方まで、太い肉を埋められていた腹だ。引き抜かれた今もまだ、なにかが挟まっている心地がする。それに加え、あふれるほど精液を注がれているのだ。圧されると腹の奥がぞわぞわとうねって、綾瀬は重い体で身悶えた。

「ぅ…」

「怖ぇことはしやしねえよ」

寝台に胡座を掻いた男が、息だけで笑う。あやす声とは裏腹に、硬い指がしっとりとぬれた陰毛を掻いた。腺液やローションでぬれきった陰毛は、べったりと肌に貼りついてしまっている。色を濃くするその毛をくすぐった指が、真っ直ぐに尻へと動いた。

やめてくれ、と訴えたいのに、力の抜けきった膝は外側に開いてしまっている。仰向けに転がる綾瀬の頭を膝に引き上げ、狩納が抱える形で尻を掌に収めた。

「んぅ、う…」

大きな陰茎で拡げられていた穴は、すぐにはその口を閉じることができない。ふっくらと綻ぶ入り口を、厳つい指が半円を描くように撫でた。

「あ、あぁ」

背中の半ばまでを膝に載せた男が、投げ出されていた膝裏を引き寄せる。左足が持ち上がると、尻穴がさらに外側へと開いた。軽々と華奢な体を折り曲げて、狩納がぱっくりと開いた穴に指を差し込んでくる。

「…ひ」

怖くなるくらい簡単に、にゅるりと指がもぐった。圧迫感はあるが、それさえも気持ちがいい。すぐに二本目の指が入り込んで、ぐっと伸縮を試すように拡げられる。

「ああっ、あ…」

覚醒しきることもできず、押し出されるように声がもれた。唇を噛んで抑えることも、意志を伝えることもできない。深くまで埋めた指を開かれるたび、ぐちゅっと腹の奥でぬれた音が上がった。たっぷりと注がれた精液が、直腸をひたひたに満たしている。掻き出すように指を使われると、留めておけないものがぷちゅりとあふれた。

「や…」

汚れた穴を覗き込まれるだけで、鳥肌が立つほど恥ずかしい。そこから注がれたものをこぼすなど、粗相《そそう》させられているのと同じだ。器用に指を曲げられるとひくつく縁を越え精液が垂れてしまう。

「ぁ、狩…や」

「駄々捏ねても駄目だ。こいつは必要なことだろ、ご主人様」

嫌だと、どうしてその言葉は命令として受け取ってくれないのだ。頭を振ろうとする綾瀬の顳顬を、笑う狩納の口があやす。

ご主人様などと綾瀬を呼ぶ男の指は、嫌になるほど丁寧だ。奥まで拡げようと、指を腸壁に押しつけてぐるりと回される。太い肉で捏ねられ続けた粘膜は、前立腺だけでなくずっと奥の方まで感度を増している。満遍なく揉まれると、抱えられた爪先がびくびくと引きつった。

指を使われるたび、体温と同じ温度にあたたまった精液が尻穴からこぼれてくる。ぼたぼたとシーツに落ちるそれは、所々まだ重たいゼリー状のままだ。

「ひ、や…、やぁ…っ」

子供みたいな声で、繰り返す。

気がつけば、新しい汗が体をぬらしていた。快感を与えるための動きではないはずなのに、目の奥がちかちかする。

「自分で触るか？」

前立腺をくにくにと捏ね、狩納が尋ねる。なにを、と疑問が頭に浮かんだ時、綾瀬は自分が微かに瞬きを繰り返していることを知った。

涙で曇る視界に、屈曲した自分の足が映る。背後に座る男が腕を伸ばし、大きく広げられた股間をいじっていた。それだけでも目眩がしそうな光景だ。だがそれに加え、抱えられた自分の陰茎は硬く勃ち上がってしまっていた。

「あ…」

驚きと羞恥に、体が熱くなる。乾ききらない精液をこびりつかせたまま、先端を赤くした性器が腹の上で反り返っていた。信じられないのに、乳首がひりつくほどの快感が背中を包む。のたうった綾瀬に、狩納が唇を寄せた。

「どうする、ご主人様」

揶揄う声音にさえ、ぞくぞくする。懸命に首を横に振ると、狩納が不思議そうに眉を上げた。

「嫌か？　だったら、俺が触っちまうぜ？」

もしここで嫌だと首を横に振っても、狩納はその手で綾瀬に触れてくれるだろう。言葉で虐め、恥ずかしがらせることはあっても、結局は綾瀬の望みを叶えてくれるのだ。

ご主人様などと呼んで、膝を折るかどうかなど関係ない。

狩納はいつだって、綾瀬が欲しがるものをくれる。綾瀬の、ためだけに。

「…あ、狩……」

縺《もつ》れる舌が、引きつる。だが懸命に狩納へと頭を擦り寄せ、綾瀬は首を縦に振った。

触って、欲しい。

細く伝えれば、膝裏を摑む手に力が籠もる。微かに、息を詰めたかもしれない。だが次の瞬間には、きつく抱き竦められていた。

「綾瀬」

ふるえる性器を、大きな手に握られる。途端にじんと、爪先にまで甘い痺れが広がった。

「ああっ、狩…納…」

つけ根から先端へと扱かれ、腰の奥からふるえが湧く。同時に前立腺を転がされ、そのふるえが瞬く間に全身を浸した。息を吐く間もなく、性急に追い立てられる。ぬれた場所の全てを狩納に委ね、綾瀬は声を上げて射精していた。

「っあァっ、あ…」

間を置かず上り詰めたせいか、目の前が白く濁る。大きく肺を膨らませ、綾瀬は痩せた体をびくつかせた。

ぐったりと重くなった体から、ちゅぽ、と音を立てて太い指が抜ける。

「綾瀬」

名前を呼んだ唇が、顳顬を吸った。唇にも、キスされるのか。そう考えた綾瀬に反し、狩納が体をずらした。体を離し、寝台を降りようとした男に弱い声がもれる。

「どうした」

不思議そうに、綾瀬が目を眇めた。

渾身の力で伸ばした腕が、男の右手に絡む。摑むと、言えるほどの力でもない。だが辛うじて引っかかった指に、狩納が綾瀬を振り返った。

「寝てろ」

眠てえんだろ。そう囁いた男が、鼻先を唇で吸ってくる。あたたかな息が瞼を撫でるだけで、痺れるほどの眠気が這い上がった。それでも尚も首を横に振ろうとする綾瀬の頑《かたく》なさに、狩納が笑う。

「どうした。なんか俺にして欲しいことがあんのか、ご主人様」

水でも飲みたいのかと尋ねた男を、綾瀬は懸命に見上げた。

「…に、……て…」

聞き取りがたい声に、狩納が首を傾ける。

責めるでなく先を促され、綾瀬はじんじんと痺れる舌で唇を湿らせた。

「…狩納さん、は…？　俺の…、いいように、だけじゃなくて…」

指先で触れる男の体は、まだ熱い。呼吸はすでに落ち着いてしまっているが、先程まで綾瀬に密着していた股座には、確かな脈動があったはずだ。

狩納はこのまま、自分を眠らせてくれる気なのだろう。それはとても、ありがたいことだ。だがそうすることで幸福になるのが綾瀬一人であるのなら、少しも嬉しくはなかった。それは狩納自身が感じてくれた思いと、きっと同じことだ。

「俺はどうにだってなる」

「それじゃ、駄目…、です」

駄目、なのだ。縋る指先に力を込め、綾瀬は狩納を見上げた。

「責任、取るって俺…、言いました…。狩納さんの、いいように、して、下さい」

嫌じゃ、なければ。

そうつけ加えた声の終わりが、頼りなく掠れる。

狩納がこれで終いにしたいと思っているのなら、綾瀬に口を挟む余地はない。押し売りもまた、駄目なことだ。狩納が許してくれたからと言って、今夜の自分は万事において図々しすぎたのではないか。途端に込み上げた悔恨に、綾瀬は身を縮ませた。

視線を上げていることもできず、狩納に触れたままの指先がふるえる。そっと握り込もうとした指ごと、強い力で引き寄せられた。

「わ…っ…」

「いいのかよ。好き勝手しちまって」

痛むくらいの力で抱き締められ、額にぬれた額を押し当てられる。汗で重くなった狩納の前髪が、

綾瀬の瞼にまでこぼれた。

「狩納さ…」

「嫌なわけがあるか。俺ァいつだって、お前を好き勝手してやりてえ」

歯を剝いた男が、唸る。

鼻先が触れる距離から、光る眼が綾瀬を見た。その色に、瞬きもできない。揶揄や傲慢さを、眼のなかに探すことはできなかった。動物みたいに、狩納が顎を突き出す。

唇に唇が触れ、ちゅっと高い音が鳴った。本当に、動物みたいだ。そう思うと同時に、重なった男の息が揺れた。

笑ったのだ。

真っ直ぐな鼻梁を鼻先に擦りつけ、男が笑う。

含みのないその大らかさに、気がつけば綾瀬の肺もまた強張《こわば》りを解いていた。

「好きにさせてもらうぜ。俺は大概、勤勉な奴隷だからな」

にや、と口元を歪ませた男が、熱を持つ股座を押しつけてくる。

もう一度音の鳴る口づけを落とされ、背中が撥ねた。押し返すためでなく、重い腕を持ち上げる。

笑う男の背中に、綾瀬は両腕でしがみついた。

「狩納さんに、買ってもらうのはどうだろう」

「綾瀬さんをですか？」

静かな声が、真横から問う。

それにも驚いたが、自分が声に出して呟いていたことにも驚いた。キーボードを打つ手を止め、綾瀬がはっと顔を上げる。

事務所の従業員であり、久芳誉の弟である久芳操《みさお》が不思議そうに自分を見ていた。

一卵性双生児である久芳たち兄弟は、まるで鏡に映し取ったかのようによく似ている。表情の変化に乏しい双眸まで、そっくりだ。殊《こと》に弟は、兄以上に感情の読みがたい飄々《ひょうひょう》とした印象があった。

「俺、ですか？」

「狩納社長に綾瀬さんを買ってもらうって話じゃないんですか」

いや、もう買っていますか。

不思議がった綾瀬に、久芳が真顔で応える。あまりにも率直に言葉にされ、頭のなかが真っ白になった。

「なななななに言ってるんですか…！　宝くじの話ですよ！」

数秒遅れて、ぼっと火が点いたように顔が熱くなる。目を白黒させた綾瀬に、久芳が懐疑的に瞬いた。

「宝くじ…？」

「か、海外の宝くじで、十億ドルの当たりが出たって話で…。俺は賭け事には向いてないんですが、狩納さんは、すっごく強いんです。だから狩納さんがくじを買えば、当たるんじゃないかなとちょっと思っただけで…」

それは、単なる思いつきだ。同時に、危険な思いつきでもある。こんな独り言を聞き咎められたら、やはりまだ博打に心残りがあるのかと、狩納に誤解させてしまいかねない。うっかり声に出していた自分を、綾瀬は心底から悔いた。

「あ、でも染矢さんに教えていただいたんですが、海外のくじは日本じゃ買えないって話ですし、そうでなくても、俺は絶対当たらないだろうから、買うつもりはないんですが…」

「綾瀬さんが、賭け事に向いていないとは？」

弁明とも呼べない言葉を遮《さえぎ》り、久芳が不審そうに首を捻る。

「え？　ええ。残念ながら、そうなんです。このところずっと狩納さんと色々ゲームをしてたんですけど、俺、全然勝てなくって」

「いかさまじゃないですか、それ」

狩納さん、本当に強いんですよ。そう続けようとした綾瀬に、久芳がなんの躊躇《ちゅうちょ》もなく告げた。

「……い…」

いかさま。

こぼれそうに目を見開き、綾瀬は男を見上げた。

言葉の意味は、理解できる。だが今日に至るまで、そんな単語が脳裏《のうり》を過ったことは一度もない。

疑いなど、綾瀬は露《つゆ》ほども抱いてこなかったのだ。

「綾瀬さんは、オカマたちのために宝くじを買えば莫迦当たり、デパ地下のポイントルーレット回すたびに景品引き当てる驚異の博才の持ち主すよ。そこの神社の祭や商店街でだって、富くじの景品を浚ってく新宿の賞金荒らしと恐れられてますし。そんな綾瀬さんに勝てる、しかも連勝なんてのはいかさまでもしない限り絶対無…」

無理、と、そう言いたかったのか。

平坦な声で並べ立てた久芳の背後に、影が落ちる。向かい合う綾瀬でさえ、視界が暗く翳った気がした。

思わず青褪めた綾瀬に、久芳は全てを悟ったのだろう。顔色一つ変えることなく振り返ろうとした男が、そのままの姿勢で吹っ飛んだ。

「久芳さん…！」

「随分な言いがかりだなァおい、綾瀬」

地獄の底から届く声があるとしたら、きっとこんな響きに違いない。久芳へ駆け寄ろうとした綾瀬を、逞しい腕が摑む。久芳を蹴り払い、その長身を易々と吹き飛ばした男の腕だ。

「かかかかか狩……」

狩納さん、と呼びかけようとした声が、言葉にならない。

顧客に会うため、出かけていたのではないか。いや、それ以前に暴力など絶対にいけない。訴えることは山程あるはずなのに、しかしどれ一つまともな音にはならなかった。

ふるえ上がる綾瀬を、男がよく光る眼で見下ろしてくる。

「で、俺がいかさまをしたと、そんな証拠がどこにあるんだ」

狩納は拳《こぶし》を固めてみせもしなければ、歯を剝いて脅しもしない。だが大きな手で胸ぐらを締め上げられたように、息が詰まった。

「ありません！　ありません、けど…」

「けど、なんだ」

大きく首を横に振ると、思わず意図していなかった言葉までもが唇からこぼれる。あっと思った時には、すでに遅い。ぎろりと睨み下ろされ、なんだ、ともう一度顎をしゃくられた。

「あの…、あの、確かに、狩納さん、強すぎるって言うか…」

久芳に指摘されるまで、疑問にさえ思っていなかったことだ。いかさまであるか否かは別として、確かに狩納は強すぎる。ごにょごにょと言葉にすると、狩納が一つ大きく息を吐いた。

怒鳴られるのか。身構えた綾瀬に反し、男がにや、と唇を歪めた。

「そうか。お前、そんなことを考えてたのか」

「い、いえ…！　いかさまだなんて、疑ってたわけじゃありません！　ただ、狩納さん、どうしてあんな強いのかなって…」

慌てて、千切れそうなほど大きく首を横に振る。ふるえ上がる綾瀬に、狩納が鷹揚《おうよう》に頷いた。

「いいぜ、だったらもう一回だけ俺と博打を打たせてやる。いかさまかいかさまじゃねえか、自分の目で確かめろ」

「…え？」

提案された言葉の意味が、上手く頭に入ってこない。もう一度博打を打つとは、どういうことか。

唖然《あぜん》とする綾瀬の後頭部を、男が大きな掌で包んだ。

「俺はお前に対してはとんでもなく寛大だからな。なんの根拠もなく人をいかさま呼ばわりした無礼に関しては、大目に見てやってもいい。だがな、自分の言葉には責任てのを持たねえとな」

男らしい唇が、笑みを深くする。途端に背中から、力が失せそうになった。無論、恐怖のせいだ。

節の高い狩納の指が、仕種だけはやさしく綾瀬の髪を梳《す》いた。

「俺と一勝負張って、俺がいかさまをしたって証明しろ。できたら、お前の勝ちだ」

「勝ちって狩納さん…！　そんなの、狩納さんがいかさましなかったら証明もなにも…」

勝ちと言うが、そもそもそんなもの勝負にならないではないか。狩納が本当にいかさまをしていたとして、それを見抜くなど至難の業だろう。加えて、狩納がいかさまをしなければ見抜くもなにもありはしないのだ。

全く、公平ではない。悲鳴のような綾瀬の抗議に、狩納が白い歯を覗かせる。

「いかさましなかったら、とは随分な言いようだなァ綾瀬。大体先に言いがかりをつけてきたのはお前だろ。どんなゲームも大抵親ってのは、降りられねえルールになってんだ。先に賽を投げちまったお前には、責任を持って勝負を続ける義務がある」

ぐっと胸元に人差し指を突きつけられ、息もできない。

これが本当の、賭博の恐ろしさというものか。たとえ勝敗が見えていたとしても、勝負の席から降りることも許されない。

殺生《せっしょう》な、と泣き声を呑み込んで、綾瀬は懸命に唇を開いた。

だがどう抗議したところで、狩納に勝てる気はしない。それ以前に、まともな抗議だってできそうにないのだ。

泣きそうな気持ちで、男を見上げる。ちゅっと綾瀬の唇に唇を落とした狩納が、胸の隠しを探った。

もう博打からは足を洗ったはずなのに、その手には賽子が握られている。

「博打ってなあ、本当に怖ぇもんだな、綾瀬」

しみじみと呟いた男が、手のなかの賽子を転がした。本当に、その通りだ。

博打は、恐ろしい。そしてそれ以上に恐ろしいものが、目の前にいる。

「さて、お前はなにを賭ける？　ご主人様」

運命の賽を握る怪物が、楽しげに笑った。

メーデー・メーデー・メーデー

「どこかに出かける予定なのか？」

投げられた声に、艶《つや》やかな睫《まつげ》が揺れる。

手元へと落としていた視線を、染矢薫子《そめやかおるこ》ははっとして持ち上げた。ゆるく巻かれた黒髪が、華やかな顔立ちを彩《いろど》る。紅が引かれた唇に、染矢は花が咲くような笑みを浮かべた。

「新婚旅行に行こうと思って」

やわらかな声で応《こた》え、手にしていた旅行冊子《さっし》を閉じる。向かい合う席に腰を下ろしかけていた男が、ぎょっとして動きを止めた。

仕立てのよさそうな服に身を包んだ、中年の男だ。丁寧に整えられた髪からも、男の社会的な地位の高さが窺《うかが》える。まじまじと染矢を見た男が、不自然な姿勢のまま呻《うめ》いた。

「新、婚……」

「嘘よ」

長いスカートの裾を揺らし、染矢が短く告げる。

女にしては低い声音《こわね》だと、そう感じる者もいるかもしれない。事実染矢の性別は、その外見と一致するものではなかった。しかしそれさえも、染矢の美貌《びぼう》の前では些細《ささい》な問題でしかない。

「な…、お前……」

冗談だと言われても、簡単には納得できないのだろう。衝撃に打ちのめされた様子で、男が椅子《いす》の背凭《もた》れに縋《すが》る。このまま倒れ込んでしまいそうな男を、染矢はどうにか椅子に座らせた。

「そんなに驚かないで。そもそも私、結婚する予定もないんだし」

「質《たち》の悪い冗談はやめろ…！　珍しく文句も言わず顔を見せたと思ったら！　てっきりなにか仕事で困ったことでもあったのかと思っていたのに…」

大声で責められ、染矢がハンドバッグへ冊子を突っ込む。

「仕事は順調よ。心配してくれてたのね」

にっこりと笑い、染矢は白い手を伸ばした。テーブルに置かれた男の手に、ほっそりとした指を重ねる。

「嬉しいわ。……パパ」

艶やかな囁《ささや》きに、隣のテーブルを片づけていた給仕が動きを止めた。染矢の唇からもれると、それは途端《とたん》に健康的な響きを失う。だが手を重ねられた男は、眉《まゆ》一つ動かしはしなかった。

当然だ。

染矢から父親と呼ばれることに、目の前の男は慣れている。胸に弁護士章をつけたこの男は、正真正銘血を分けた染矢の父親なのだ。

「心配するのは当然だろう。そんな恰好をした息子、心配するなって方が無理だ」

唇を歪《ゆが》め、父親が奥歯を噛《か》む。

こんな顔をした父親と向かい合うなど、以前の自分には考えられなかったことだ。父の誇りとなれるような、優等生でいること。それが長い間、染矢にとって第一の目標だった。

あの日の自分と、今ここに座る自分は別人だ。否《いな》、別人であって欲しい。自らの胸の内に眉をひそめ、染矢は長い睫を揺らした。

「パパにとって、私は特別な娘ってことよね。……ね、パパ。そんな私がもし急に消えたら、パパはどうする？」

息子の問いに、父の眉が見る間に吊り上がる。

「変な客につき纏《まと》われたり、脅迫されたりでもしているのか？　なにか手を打って欲しいことがあるのなら……」

染矢が経営するのは、新宿《しんじゅく》の地階に位置するオカマバーだ。

息子が水商売の世界に身を置くようになるなど、父は一度として想像したことがなかっただろう。

この瞬間でさえ、父親には何一つ理解できていないに違いない。うつくしく着飾った息子を前にしても、一過性の悪い病気に罹患《りかん》しているというくらいにしか、思えていないはずだ。

しかも、女の恰好をして、だ。

そんな倒錯者たちが集《つど》う店が、真っ当な場所であるはずがない。父がそう固く信じているだろうことは、簡単に想像できた。

「安心して、お客さんも女の子もいい人たちばっかりだから。仕事も忙しいし、旅行になんか行けないわ」

「本当に大丈夫なのか？　困ったことがあるならちゃんと言いなさい。どうせ忙しいからって、不規則な生活をしているんだろう？　きちんと三食、食べているのか？」

くどくどと問われ、染矢が笑みを深くする。

確かに染矢の生活は、規則正しいとは言いがたい。だが最近は、むしろ体調がいいくらいなのだ。

「そんなに心配なら、今夜にでもお店に遊びに来て。心配する必要ないって、分かってもらえると思うから」

自分はなんと、嘘《うそ》つきなのだろう。

明るい笑みを浮かべるくせに、口から出る言葉には誠意の欠片《かけら》もない。体調がいいのも、手を焼かされる客がいないのも事実だ。しかし染矢になんの悩み事もないかと言えば、どうだろうか。

「お前の店にか？」

露骨《ろこつ》に、父親の顔が歪む。

父が思い描くオカマバーとは、きっと悪夢のようなおぞましい異世界なのだろう。

「そうだ。折角《せっかく》だから、今日このまま同伴なんてどうかしら。だって私たち、お似合いのカップルに見えてると思わない？」

無邪気な声を上げて、するりと父親の手を撫《な》でる。

「カ……」

ぎょっとしたように、父が重なった手を引っ込めた。それを許さず、長い腕を伸ばす。

こういう時の自分は、本当に悪魔のような顔をしているに違いない。それが不快でないことも、始末に悪かった。

「素敵よね。お店が始まる前に、静かなカフェで二人っきり…。手なんか握り合っちゃって」

「だから質の悪い冗談はやめろと…！」

「本気よ私。このまま二人、飛行機に飛び乗るのもいいわね。結婚するなら、私、絶対パパがいいわ。

……ね、パパ」

殊更《ことさら》甘く、声にする。

パパ、とその響きの意味は今度は父親にも十分理解できただろう。涼しげな眉が、これ以上なく吊り上がる。

「忍《しのぶ》…ッ！」

久し振りに耳にした名に、舌の一つも出してやりたい。

止まらないであろう父親の小言《こごと》を思い、染矢は両手で耳を塞《ふさ》いだ。

背後で、扉が閉まる。

大理石《だいりせき》が敷かれた玄関ホールに立ち、染矢は靴《くつ》の留め金を外した。

ただいま、と、声をかける習慣はいまだにない。そんな生活感は、磨《みが》き上げられた玄関には不似合いなのだ。無機質に輝くシャンデリアにも、あたたかみのない飾り棚《だな》にも、染矢は十分に満足していた。

右手に絡みついていたハンドバッグを、視線の高さに持ち上げる。

昼間、父親に会った時も手にしていたものだ。光沢のある絹地に、光る石が鏤《ちりば》められている。精巧な飾りが施《ほどこ》されたそれは、華奢《きゃしゃ》な染矢の手によく似合っていた。

「雨、そろそろ止みそうだな」

低い呻きと共に、粗雑な足音が玄関をくぐってくる。ハンドバッグから視線を逸《そ》らし、染矢は背後を振り返った。

背の高い男が、戸口に立っている。ぎらつくような眼光もその風体《ふうてい》も、とても堅気とは思えない。帰宅したばかりの玄関は勿論、エレベーターで乗り合わせるのさえ遠慮したい部類の男だ。悲鳴を上げる代わりに、染矢は本田宗一郎《ほんだそういちろう》を見返した。

「雨くらい平気だから、無理して迎えに来なくていいのに」

「無理じゃねぇよ」

応えた男が、無造作に靴を脱ぐ。履《は》き古され、砂埃《すなぼこり》や油で汚れた靴だ。瀟洒《しょうしゃ》な玄関ホールには、どう考えても馴染《なじ》むものではない。だがそんなことを、本田は気にする男ではなかった。

「なんか飲むか？」

廊下を進んだ男が、当たり前のように尋ねてくる。

「いらない」

ここは自分のマンションであって、本田の住み家ではない。それは単純な事実だが、今更主張する気にはなれなかった。いくら言葉をつくしても無駄なことは、この数週間で嫌《いや》というほど思い知らされている。

黒いソファに辿《たど》り着き、染矢は痩《や》せた体を投げ出した。

買い物袋を抱えた男は、真っ直ぐ台所へ向かったらしい。勝手知ったるというやつだ。腹を立てるどころか、こんな光景をすっかり見慣れてきた自分が怖くなる。

そもそも店からここまで染矢を送ってきたのも、同じ男なのだ。ほぼ毎晩のように、本田は染矢を迎えに来た。そして二人で戻るのだ。このマンションに。

「昼間、出かけてたのか？」

がたがたと台所《キッチン》を使い、本田が思い出したように尋ねてくる。ソファの背に頭を預け、染矢は首を傾《かし》げた。

「なんの話？」

短い返事からは、女性的な抑揚《よくよう》が失せている。疲れているせいだけではない。豪華なフリルがあしらわれたスカートを身に着けていても、染矢は装う声を作ろうとは思わなかった。

「さっき店の奴らが、ンな話してやがったなと思って」

盆を運んだ本田が、湯呑《ゆの》みを差し出してくる。

居間と寝室が一続きになったこの部屋には、艶のある黒い家具が並べられていた。どれにも過剰とも言える彫刻が施され、床にはくすんだ紫色の絨毯《じゅうたん》が敷かれている。どうすればこんな部屋で、湯呑みを使いたいなどと思うのだろう。しかもそれには、交通安全と筆書きされていた。

「父さんに呼び出されてただけ。すぐ終わったし」

今日はほとほと、嘘をつく一日らしい。

初めから分かっていたことだが、父の小言は長々と続いた。頼んだコーヒーが冷めきった頃、染矢は仕事を理由にようやく店を抜け出したのだ。

「親父《おやじ》さんか」

染矢の手に湯呑みを握らせ、本田が頷《うなず》く。

鉄紺《てっこん》色の湯呑みは、当然染矢の持ち物ではない。湯呑み以外にも、部屋のあちらこちらに本田が持ち込んだものが見て取れた。馴染み始めた諦念《ていねん》と共に茶を啜《すす》ろうとして、染矢が動きを止める。

「……ッ…」

茶を、噴《ふ》き出すかと思った。大きく咳《せ》き込んだ染矢を、本田が振り返る。

「どうした。熱すぎたか？」

「な、なんでもない…っ」

慌《あわ》てて首を振った染矢に、男が皿を並べる手を止めた。だが大事はないと判断したのだろう。気をつけて飲めよ、と念を押し、本田が台所へと引っ込んだ。

「……嘘…」

男の背中が台所へ消えるのを確かめ、怖々と視線を巡らせる。一人掛けのソファに、薄い雑誌が投げ出されていた。

「まだ諦《あきら》めてないのか……」

本田が出入りし始めた途端、部屋には車関連の雑誌が持ち込まれるようになった。だが今ソファに載っているのは、そうした本ではない。

眉をひそめ、恐る恐るそれをつまみ上げる。雑誌の表紙を飾っているのは、うつくしい街の風景だ。

「親父さん、元気だったか？」

低い声が、台所から飛ぶ。ぎくりとして、染矢は手にしていた本を屑箱へ突っ込んだ。

「…僕、風呂に入ってくるから、先食べてて」

立ち上がった染矢に、本田が台所から顔を出す。

「今、湯張るから先に飯食え」

家の主のように命じ、本田が急須を片手に盆を運んだ。

がさつを絵に描いたようなこの男は、意外にも手際がいい。どかどかとテーブルに並べられた皿たちに、染矢は渋々ソファへと腰を戻した。優美な猫足を持つローテーブルも、焼き魚を置かれてしまえば卓袱台《ちゃぶだい》と同じだ。

不意に、昼間父親と交わした会話が蘇《よみがえ》る。

テーブルに並べられた食事は、どれも恐ろしく健康的だ。あたたかな湯気の立つ白米も、溶き卵を落とした汁物も、染矢一人ならば絶対取ることのないものだった。食生活だけを問題にするならば、このところの染矢はすこぶる健全と言える。それが同性の恋人のお蔭と知れば、父はどんな顔をするだろう。

「親父さん、ここに来たりはしねえのかよ」

箸《はし》を手にした本田が、床に直接胡座《あぐら》を掻《か》いた。どうやら、ソファから雑誌が消えていることに気づいてはいないらしい。男の眼《め》に入らないよう、染矢はそっと屑箱を押し遣《や》った。

「来られたら困るし」

万が一父が来訪した時、本田と鉢《はち》合わせしたらどうなるのか。本田が散弾銃で撃たれるか、父親が自殺するか。どちらにしても、この部屋が事故物件になることは間違いない。

「困んねえだろ。声かけてみろよ。きっと喜ぶぜ」

大らかに促《うなが》した男が、テレビのリモコンに手を伸ばす。慣れた動きで釦《ボタン》が押されると、壁際のテレビに真っ赤な車が映《うつ》し出された。途端に、本田の眼が吸い寄せられる。本当に、分かり易い男だ。

もしかしたら本田がこの部屋に入り浸《びた》る理由の一つは、これかもしれない。有料放送で車のドキュメンタリー番組を見つけて以来、テレビの電源が入れられることが多くなった。なにかに熱中していてくれるのは、染矢にも都合がいい。今夜などは、特にそうだ。

「ところでよ、よさそうなとこ、あったか？」

スタッフロールが流れ始めた画面から視線を外さないまま、本田がリモコンをいじった。

「なにが？」

「見てただろ、旅行雑誌。で、どこ行きてぇ？」

当たり前のように尋ねられ、目の前が暗くなる。

あの時、本田は台所にいたはずだ。染矢の動きに気づいていたなど、あり得ない。だが時としてこの男は、野良犬以上の嗅覚《きゅうかく》を発揮するのだ。

「…………箱根《はこね》、とか？」

上がった語尾に、ただでさえ険しい男の眼光が凄味《すごみ》を増す。

伊豆《いず》だろうと熱海《あたみ》だろうと、実際場所などどこでもいい。それはここ数日、染矢が避け続けてきた話題だった。

「箱根ェ？」

繰り返した男が、汁物を啜る。怒鳴りつけられるかと思ったが、本田は呆気《あっけ》なく首を縦に振った。

「じゃ、明日行くか。車で」

でもよ、とつけ足し、本田がリモコンを放る。切り替わった画面を、白い飛行機が横切った。

「箱根くれぇなら今からでも行けるけどよ。やっぱ国内じゃ駄目だろ。海外じゃねぇと」

手を伸ばした本田が、ごそごそとテーブルの下を探る。摑《つか》み出した紙の束《たば》を、どさりと男がテーブルに積み上げた。

「新婚旅行なんだぜ？」

突きつけられたそれは、華やかな文字が躍る旅行雑誌だ。先程捨てたものの、数倍はある。今度こそ、息の根が止まるかと思った。

新婚旅行。

言葉の重圧に、ぐっと奥歯を嚙み締める。プロポーズに、婚約、結婚指輪。誓いの言葉に、入籍。思い巡らせるまでもなく、染矢を打ちのめす言葉は数限りなくあった。それら全ての元凶は、ただ一人の男だ。

「何度言ったら分かるんだ…！　行かないって言ってるだろ、そんなもの！」

倒れそうになる体を叱咤《しった》し、染矢が唸《うな》る。

こんな恰好をしていても、自分が男であることに変わりはない。

出会った当初、本田は染矢を異性と信じ求愛したが、しかし真実を知った後も怯《ひる》まなかった。それどころか染矢の手を取り、不変の愛を誓ったのだ。

十分に、常軌《じょうき》を逸《いっ》している。だが本田は、それだけで終わる男ではなかった。

「日本じゃ結婚できねえって言ったの、お前だろ」

魚を口に放り込み、男が眉根を寄せる。

結婚などと、軽々しく口にして欲しくない。馴染み始めた頭痛が、額《ひたい》を重くする。

どんな頭の構造をしているのか、本田はごく当たり前のように結婚という言葉を口にした。これが店の女の子たちだったら、感激で卒倒《そっとう》するところかもしれない。

自分も、別の意味で倒れそうだ。

たとえ海を渡ってでも結婚したいくらい、愛している。これが甘ったるい比喩《ひゆ》なら、恋愛中の莫迦《ばか》な話ですむかもしれない。だが本田にとって、全てはものの例えではあり得ないのだ。

「前も言ったけど、同性婚を認める国があるからって、僕たちが結婚できるわけじゃないから」

痛む頭を押さえ、染矢が慎重に言葉を選ぶ。

日本で認められているのは、異性間の婚姻《こんいん》だけだ。万が一他国で同性結婚をしたとしても、日本で生活する限り意味はない。

しかし法的な問題など、いくら本田に説明しても無駄だ。本田にとって重要なのは、婚姻が可能な国があるという一点に限られている。これと目標を定めたら最後、男は簡単に諦めたりしない。染矢との関係がいい例だ。染矢を得るという結果の前では、同性であることさえ障壁《しょうへき》にはならなかった。

「絶対無理なんてこと、ねえだろ」

真顔で応えた男が、白米を咀嚼《そしゃく》する。

目眩《めまい》がした。

確かに、断言はできない。時間や金、今の生活を全て擲《なげう》つ覚悟があれば、なんらかの手段はあるだろう。だがその事実を、本田に嗅《か》ぎつけられたらどうなるか。

口腔《こうくう》がからからに渇いて、染矢は冷めた茶を流し込んだ。

「僕は行かない。絶対に」

可能か、不可能か、その問いとは無関係に首を横に振る。

「海外で二人だけで結婚すんのが嫌だってんなら、今回は予行演習つか、新婚旅行ってだりでもいいんだぜ？」

茶を注ぐ本田は、どこまでも前向きだ。テレビの画面では男の言葉を支持するように、旅客機が大きな翼を広げていた。

「新婚じゃないし。それに仕事があるだろ、お互いに」

「日程にもよるだろうけどよ、ブル子たちは一ヶ月くれぇなら任せておけって言ってたぜ？」

「……あの子たち…。減給してやる…」

ブル子とは、染矢の店で働く従業員の源氏名《げんじな》だ。ブル子に限らず、従業員たちは皆本田を気に入っていた。男に協力を求められれば、一ヶ月は大袈裟《おおげさ》でも、喜んで染矢の長期休暇を捻出《ねんしゅつ》しかねない。

「いいじゃねえか。ブル子たちも心配してたぜ？　お前ほとんど休み取らねえんだろ」

ぎり、と奥歯を嚙んだ染矢へ、本田が雑誌を差し出す。

積み上げられた本のなかには、幾つかの旅行代理店の冊子も紛れ込んでいた。似たようなものが一冊、染矢のハンドバッグにも押し込まれている。昨夜本田の車のなかで見つけ、処分しようと持ち出したものだ。

父と会う際も、それは鞄《かばん》のなかにあった。冊子を手に、自分と逃げてくれと父親に懇願《こんがん》すべきだったただろうか。

「だからって、長い休みは無理だ」

では短い休みならいいとでも言うつもりか。

自分の口からこぼれた言葉に、げんなりする。これは悪い兆候だ。

「日数なんか短くてもいいじゃねえか。サクッと飛行機乗って、パーッと…」

本田の声を掻き消すように、爆発音が轟《とどろ》く。

ぎょっとして振り返ったテレビ画面のなかで、真っ赤な炎が躍っていた。

「お」

けたたましい警報音と共に、テレビのなかの機体が激しく揺れている。優雅な飛行かと思われた機内が、一瞬にして地獄に変貌したのだ。崩れ始めた機体の後部から、地上に落ちてゆく男性が見える。

どうやら番組は、飛行機の性能を紹介するものではなかったらしい。二度目の爆発音と共に、飛行機の外壁がさらに吹き飛んだ。

「……すげえな」

新婚旅行客だろうか。握り合った男女の手がほどけ、若い女が炎に呑まれる。

「……」

これは呪いか。さもなくば、なんという間合いだろう。ぐらりと揺らいだ染矢の耳に、操縦士の絶叫が長く届いた。

「……やっぱり、風呂に入ってくる」

画面から目を引き剝《は》がす以外、できることはない。ふらつきそうになる体を支え、染矢は食卓を後にした。


静寂が、体を蝕《むしば》む。

時計を見なくても、夜明けが近いことが分かった。馴染んだ寝台のなかで、ちいさく身動《みじろ》ぐ。

少しは眠ったはずだが、眼球の奥は鈍く痺れたままだ。寝返りを打つ代わりに、染矢は首を傾けた。

暗さに慣れた視界に、上掛けの膨《ふく》らみが映る。すぐ隣で眠る、本田のものだ。

肩が触れるほどの距離に、男の体がある。

染矢の部屋に入り浸る本田は、当たり前のように同じ寝台で眠った。身を寄せ合うだけの夜もあれば、それ以上近くに体温を感じることもある。

今夜は、染矢一人が先に寝台へ入った。のろのろと風呂を使って戻っても、本田は先程まどと同じくテレビの前にいたのだ。恐るべきことに、画面ではまだ航空機事故に関する番組が放送されていた。特集企画だったらしく、数時間に亘《わた》って次々と、悲劇的な空の事故が取り上げられていたのだ。

「……なんだかな」

声に出さず、ひっそりと唸る。

眠るための準備を整えている間、映像は染矢の目にも入ってきた。事故の過程と結末、そしてその原因が解明されてゆく様子は、純粋に興味深いものだ。だが地上へと落ちる機体が乗せているのは、人の命と人生だった。

あんな話をした直後に、見たいものではない。いや、あんな話をした直後だからこそ目に留まったのか。どちらにせよ、気分が上向く道理はなかった。

「起きてんのか」

唐突《とうとつ》に投げられた声に、ぎくりとする。

眠っているとばかり思った本田が、身動ぎもせず尋ねた。いつから、眼を覚ましていたのだろう。

肩を揺らし、染矢は浅く体を起こした。

「起こした?」

眠りのなかにあったからばかりでなく、声に嫌な固さが滲《にじ》んでしまう。

「んあ?　別に」

本田は染矢のように、不快な覚醒《かくせい》と眠りの狭間《はざま》を行き来していたわけではないらしい。低い声で応えた男が、布団《ふとん》のなかで寝返りを打った。

「寝てて。僕、なんか飲んでくるから」

そっと寝台から抜け出そうとした染矢を、あたたかな手が摑んだ。

「あの番組のせいか？」

枕《まくら》に頭を預けたまま、男が尋ねる。暗がりのなかで、本田はようやく眼を開けたようだ。眼球が弾《はじ》く微《かす》かな光に、染矢が思わず息を詰める。

「なに…が？」

自慢にはならないが、染矢は嘘をつくのが下手ではない。胸の内がどうであれ、笑みを浮かべることも朗《ほが》らかな声を出すことも得意だった。だが本田を前にすると、そんな簡単なことさえ時々上手《うま》くできなくなる。

「飛行機。すげえ落ちてたし」

「あんな番組見たから、夜中に目が覚めたって？」

なめらかな声音に、皮肉が混ざる。自分らしい声に、うんざりする。

胸に巣食う不快感が眠りを妨《さまた》げていることも、その一因が番組にあることも確かだ。しかしそれは、飛行機事故が怖いからではない。

無論飛行機に限らず、不慮の事故の犠牲《ぎせい》になりたい者はいないだろう。

事故機に乗り合わせた乗客たちには、なにかしらの予感があっただろうか。きっと異変が起こるぞの瞬間まで、日常から乖離《かいり》した現実が我が身に降りかかるとは考えなかったはずだ。

胸の悪さに、染矢は暗がりで眉をしかめた。

恐ろしいとしたら、きっとそれだ。

操縦桿《かん》を握る技能があろうとなかろうと、見えざる神の手に運命を摑まれたら最後、地表に叩きつけられるまでどんな抵抗も意味をなさない。何人《なんぴと》の人生においても、それは同じだ。しかし最近の自分ときたら、人生どころか日々の生活さえ満足に操縦できているとは思えない。

こぼれそうになる嘆息《たんそく》に、染矢が右足を引き寄せる。

爪先のすぐ隣に、本田の体温があった。

あれほど他人を入れてこなかったこの部屋に、今では当たり前のように男がいる。

気がつけば請《こ》われるまま、いつか本田と旅行に出る日だって来てしまうのではないか。それどころかある日突然拉致《らち》されて、飛行機に詰め込まれるかもしれない。そして気づいた時には世界の果てのどこかの国で、左手に結婚指輪を嵌《は》められているのだ。

自分の想像に、ぶるりとふるえが走る。

笑えない。全然、笑えない。

本田を前にしたら、どんなことだろうと絶対にないとは断言できないのだ。

「俺ァ夢に見るかと思ったぜ」

染矢の腕に指を絡めたまま、男が枕の上で眼を閉じる。

「思っただけで、見なかったんだろ？」

悪夢を見る、そんな上等な感性がこの男に備わっているとは思えない。素っ気ない染矢の応えに、本田が布団のなかで身動いだ。

「お前と、出かける夢見てた」

「勝手に僕を出演させるな」

「飛行機前にしてよ、絶対ェ乗らねぇってお前、超怒ってた」

実際の出来事のように口にされ、染矢が露骨に顔を顰《しか》める。なんだ、その色々な意味であり得そうな夢は。連れ込まれた空港で大暴れをする、そんな自分が容易に思い描け、頭が痛んだ。

「乗らないから。絶対に飛行機」

本田の夢のなかの自分も、きっと同じ言葉を繰り返していたに違いない。飛行機に限らず、船舶《せんぱく》だろうと自動車だろうと、出国するためのどんな手段も御免だった。

「ンな心配する必要ねえよ。飛行機なんざ、滅多《めった》に落ちるもんじゃねえだろ」

「…確かに事故に遭《あ》う確率は、車の方がよっぽど高いけど」

あんな番組を立て続けに見た後で、よくそんなことが口にできるものだ。無駄に怯《おび》えろとは言わないが、多少慎重になった方が可愛《かわい》げがある。尤《もっと》もそんなものを、この男に期待するのは無駄というものか。皮肉で返した染矢に、本田が真顔で頷いた。

「だろ？　それに飛行機ってよ…」

言葉を継いだ男が、もう一度無骨《ぶこつ》な指を伸ばしてくる。肘へと触れた手は、先程と同じようにあたたかだった。

「事故っても三人くらいは生き残るじゃねえか。だから、大丈夫だろ」

「三……」

なにが、大丈夫なのか。

そもそもその数字の根拠はなんだ。

薄闇のなかから響いた声には、どんな気負いもない。呻こうにも、咄嗟《とっさ》には声が出なかった。

飛行機事故が恐れられる理由の一つは、落ちたら最後、死亡率が自動車事故の比ではない点だろう。それにも拘《かか》わらず、本田はいとも簡単に口にするのだ。三人は生き残る、と。なにより耳を疑うのは、本田自身がその三人のうちの一人となる気でいることだ。まるで当然のことのように。

「…ったく……」

呻き、白い掌《てのひら》に額を押し当てる。

寝台だろうと床だろうと、崩れ落ちるまま身を投げ出してしまいたかった。実際この瞬間に倒れ込むことなく、体を支えていられる事実こそが不思議だ。

「染矢…？」

蹲《うずくま》ったきり、声を上げられない染矢を男が訝《いぶか》しむ。大きな掌で肩口をさすられ、染矢は唇を動かした。

「……なんで、そんな暢気《のんき》に…っ」

「あ？」

長身の上体を折った男が、首を傾げる。しかし繰り返さなくても、声は聞こえていたらしい。胡坐の膝に肘を乗せ、本田が体を乗り出した。

「事故に遭う前から心配ばっかしてても、なんにも始まらねえだろ。遭った時に、どうにかすりゃいい話じゃねぇか」

どうにかなんて、普通はそんなもの、どうにもならない。

首を横に振ろうにも、しかし声は出なかった。代わりに、痩せた背中が揺れる。

嗚咽《おえつ》を呑むように、肺が喘《あえ》いだ。

声を上げ、喚《わめ》き出してしまいたい。

「なんだよ染…」

飛行機が落ちる不安に、打ちひしがれているとでも思ったのだろうか。おい、と、呼びかけようとした本田が、半《なか》ばで声を途切れさせる。低く呻いた男の腹に、染矢の拳《こぶし》がめり込んでいた。

「な……、お…」

無防備でいたことが、災《わざわ》いしたのだろう。驚いたように双眸《そうぼう》を見開いた本田が、寝台へと崩れ落ちた。

なんて顔だ。どんな大事故に見舞われても、生還を疑うことのない男の眼とは思えない。

肺の喘ぎが大きくなって、染矢は揺れるまま寝台に倒れ込んだ。

「染……」

どれだけ楽観主義なら、気がすむのだ。

飛行機事故に遭遇《そうぐう》する確率は、宝くじで高額賞金を引き当てるに等しいと聞く。さらにそのなかで、生存の切符を手にするにはどれほどの倍率をくぐり抜ける必要があるのだろうか。

思い描いてみても、無意味なことだ。自分が名を連ねるとしたら、それは確実に死者の列だろう。

だが、本田は違う。

いかに困難であろうと可能性がある限り、絶対に諦めたりしない。そして摑み取るのだ。望んだものを。

「そういうところが、一番困る部分なんだけど…」

もれた呟《つぶや》きはしかし、言葉ほど苦くはない。

根比べと言うには、そもそも分《ぶ》が悪すぎるのだ。薄々見える結末が怖いから、テレビ番組にさえ気持ちが沈む。分かりきったことだ。

「だから、なにがだ」

腹をさすった男が、寝台に転がる染矢を覗《のぞ》き込んだ。暗がりのなかでも、男の影ははっきりと目に映る。

「結局、あの番組のせいで眠れなくなるなと思って」

もう一度殴る代わりに、染矢は伸ばした手で本田の右耳を抓《つね》った。

薄闇の向こうで、男が双眸を見開くのが分かる。寝台に落ちる頭を引き上げられ、染矢は覆い被さってくる影に目を閉じた。


渇ききった喉が、ちいさく痛む。

寝台へ斜めに体を埋め、染矢は低く呻いた。

「…あ…」

横臥《おうが》した脇腹を、少し荒れた唇が吸う。痕《あと》が残るほど、強い力ではない。だがちくりとした痛みが皮膚《ひふ》を刺すと、下腹に力が籠《こ》もった。

「っ…、あ」

ぬちゅ、と濁《にご》った音が途切れなくあふれてくる。尻に入り込んだ本田の指を、狭い場所が無意識に締めつけた。

「まだきついな…」

呟いた声は、肋骨《ろっこつ》の真上にある。ゆるく肩を引かれたが、身動いで拒んだ。後頭部が寝台に落ちると、顔を背《そむ》けづらくなる。腕を持ち上げる代わりに、染矢はシーツへ顔を押しつけた。

「痛えか？」

裸に剝《む》かれた胸を、男の唇が辿る。瘦せた胸には、当然やわらかな膨らみなどない。浮き上がった肋骨の影を唇で確かめられると、ぴく、と爪先が宙を搔いた。

「違…」

声に出してなど、応えたくない。

毎回のこととなると、尚更だ。つけ根まで埋め込まれていた中指が、ぬるん、と引き出された。

「…う……」

呻いた染矢を、本田が注意深く見下ろしてくる。

一人で眠るには広い寝台も、二人で折り重なるには少し手狭だ。だが男は、そんなことには少しも頓着《とんちゃく》しないらしい。寝具に投げ出されていたプラスチックのチューブを、本田が摑む。どこからともなく男が手に入れてきた、クリームだ。水を弾くそれは粘度が高く、染矢の内側を柔軟に潤《うるお》した。

「あ…」

ぷちゅりと、空気が潰れる音が暗がりに響く。暗いと言っても、ものの輪郭《りんかく》ははっきりと見て取れた。白み出した空の色が、窓の隙間から浸み始めている。本田の眼には染矢以上にはっきりと、室内の様子が映し出されているのではないか。刺すような視線の強さに、口腔に唾液《だえき》が溜まった。

「もっと足、開けるか？」

囁きが、乳首を舐《な》める。充血した乳輪に皺《しわ》が寄り、恥ずかしく形を変えていた。唇と舌で確かめられると、暴れたくなる。尖《とが》った先端を歯で掠《かす》められても、痛みのない刺激はじれったいだけだ。切なげに締まった穴の上を、クリームにまみれた指が丸く撫でた。

「ん、あ…」

じくじくした熱を持つ穴が、クリームの冷たさに竦《すく》む。

「悪ぃ」

謝った男が、くに、と肉の輪を指で開いた。

つい先程まで同じ指を呑んでいたはずなのに、粘膜《ねんまく》が異物を締めつけようとする。繰り返し指を出し入れされても、違和感は簡単に薄れてはくれない。嫌気が差すが、圧迫される苦しさが高揚に変じる瞬間が来るのを思うと、それはそれで恐ろしかった。

「いい、から…」

「無理だろ。もう少し慣らさねえと」

男が言う通り、肉にはまだ固さが残っているかもしれない。だがこれ以上時間をかけ、いじられるのにも耐えられそうになかった。

「大…丈夫、だから…」

あと数時間で、外の世界は完全に目を覚ます。出勤時間が遅い染矢はともかく、本田は早くから出かけなければいけない。寝不足になるのはお互い様だが、こんなにも手間をかける必要はないのだ。

呻いた染矢に、本田が顔を上げる。くちゅ、と尻のなかで指が動いて、白い眉間《みけん》が歪んだ。抱き締められればすぐにやわらぐ女性とは違い、染矢と繋《つな》がるには手間がかかる。気が長いようには到底見えないくせに、本田は恐ろしく辛抱強かった。辛抱強すぎるくらいだ。

自分本位に扱われれば腹も立つが、ここまで執拗《しつよう》だと苦しくなる。ぬれた手で太腿《ふともも》を支えられ、染矢はできる限り力を抜こうと努めた。

「…ぁ……」

訪れるだろう圧迫に身構えた染矢が、ぎくりとして目を見開く。

腿を支えた男が、股座《またぐら》へと深く体を折るのが見えた。反り返ったまま揺れていた陰茎に手を添えられ、声がもれる。

「本、放……」

尻穴をいじり回されている間も、陰茎は萎《な》えることなく染矢の腹とシーツを汚していた。だが今すぐ射精ができるかと言えば、それも難しい。掌で包まれ、粘《ねば》ついた蜜があふれた。

「僕…は、いい、から」

「よかねえだろ。きつそうだぜ？」

男の視線が、充血した性器の先端を確かめる。恥ずかしさと性感に汗が噴き出し、染矢は腰を引こうとした。

「な、本田…！」

追いかけた男の舌が、ぺろりと臍《へそ》を舐める。上目遣《うわめづか》いに自分を見た眼と視線がかち合い、悲鳴と痺《しび》れとが込み上げた。

「…ぁ…」

「噛んだりしねえから」

それは、冗談のつもりか。もう一度舌を伸ばした男が、躊躇《ちゅうちょ》なく陰茎を口に含んだ。

「ひ、あ…っ…」

先端を吸われ、ぐにゃりと背骨が溶け落ちそうになる。口吻《くちづ》けで知る以上に、本田の口腔は熱くなめらかだ。括《くび》れた場所に舌を這《は》わされ、射精したそうに陰茎が撥《は》ねる。

「い…、あっ」

痛むくらい敏感な先端が、口蓋《こうがい》に密着した。左右に擦りつけられ、二の腕に鳥肌《とりはだ》が立つ。ぞくぞくと放射状に痺れが散って、乳首までもが固く尖った。

本田の口に、あり得ない場所を含まれている。

その現実だけで、射精してしまいそうだ。どうしてこんなものを、舐め回せるのか。

自分と性交するこの瞬間も、本田が異性愛者であることを染矢は疑っていなかった。たとえ興味本位からだろうと、同性の性器など握りたくはないはずだ。そんな染矢の確信を軽々と蹴り飛ばし、本田は体の全てに触れた。誇張でなく、全てにだ。

「う…、っあ、あぁ」

器用に動く舌が、先端の窪《くぼ》みを縦にくすぐる。嬉しそうにびくついた陰茎を、本田が殊更美味《うま》そうに吸い上げた。

「や、ぁ、本……」

尻を揉《も》んだ指が、充血した粘膜を小突いてくる。ぬぷりとつけ根近くまで沈められ、とろけたクリームが音を立ててあふれた。

「うう、あ」

尻穴に力を入れて拒もうにも、男の指は狭い粘膜のなかを自由に動く。腹側に向けて指を曲げられると、咥《くわ》えられた陰茎ごと痩軀《そうく》が跳ねた。

「ひ、あっ、あ、あ…」

ふっくらと凝《しこ》った前立腺を指で掻かれて、瞼《まぶた》の裏で光が弾ける。爪先まで強張《こわば》らせ、染矢は本田の口に吐き出した。

「…は、あ、っぁ……」

びくつく陰茎を唇で扱《しご》き上げられ、汗にまみれた腹が波打つ。最後の一滴まで搾《しぼ》られる感覚に、染矢は白い顎《あご》を反らせた。

「あ、…は、はぁ…」

まだふるえている陰茎を、ぬる、と男が口腔から引き出す。ごくりと鳴った喉音に、恥ずかしさと同じだけの性感とが爪先を浸した。低く笑った本田が、臍の脇に口を擦りつけてくる。

「きつかったら、言えよ」

ちらりと覗いた男の舌から、目を逸らせない。

汚れた自らの口元を、男が親指で拭《ぬぐ》った。顔を隠すことも忘れ、荒い息の下からただ見上げる。

「あ……」

抜ける寸前まで退いた指が、尻穴を左右に広げた。形が変わるほど引かれた肉に、ぬれたものがこすれる。

酸素が薄くて、窒息《ちっそく》しそうだ。大きく口を開くが、全く足りない。くつろげられた本田の股間で、太い陰茎が撥ねた。ぬれた肉の先端が、薄闇のなかで生々しく光を弾く。

「っ、ぁ…」

そんなもの擦りつけてなど欲しくないのに、ぐ、と喉が嫌な音を立てた。満足に動けたとしたら、果たして自分は逃げ出せただろうか。頭を掠めた想像さえ、押しつけられた熱に溶ける。

広げられた穴を小突かれ、染矢は大きく仰け反った。

「あ…、あ、っ…」

手で押し下げられた肉が、ゆっくりと進んでくる。射精の余韻《よいん》を残す下腹に、ぞくぞくと鳥肌が立った。

「染矢…」

宥《なだ》めるように、名前など呼ぶな。

口を塞いでやりたいが、身動ぐのも辛い。自分の肉が、大きく押し開かれているのが分かる。ぴんと張り詰めた肉の輪を、太い陰茎がこすった。

「う、ぅあ……」

内側へと窄《すぼ》まろうとする穴が、張り出した肉に押されて形を変える。

入り込んでくる本田は、決して急《せ》くことがない。痛みは少ないが、暴れ回る熱に頭蓋骨《ずがいこつ》ごと溶けてしまいそうだ。

ずるる、と進んだ肉が、探るように退く。一秒ごとに、髪一筋ほどしか沈み込んでこないのではないか。自分の想像に、口腔が渇いた。

「本……」

呑み込みきれない熱の底で、男の名を口走る。

じりじりと蝕むより、いっそのこと力任せに突き崩せばいい。自分を気遣う男の手管《てくだ》は、同時に染矢を最も苦しい場所へと追い詰める。

息もできない熱に溺《おぼ》れ、染矢は痩せた膝をふるわせた。

「…も、いい、加減……に」

跳ねた踵《かかと》が、本田の腰を打つ。鈍い手応えが骨を伝ったが、声を上げたのは染矢自身だった。

「っ、…あぁ、っ…」

びくんと、尻穴に埋まった陰茎が大きく撥ねる。半ばまでしか埋まっていなかった肉が、ふるえながら一回りも膨れるのが分かった。これ以上は、絶対に無理だ。そう思っていたのに、狭い場所がみっちりと引き延ばされる感触に、染矢がのたうつ。

「っ…」

本田にとっても、それは不意の一撃だったのだろう。揺れそうになった体を、男が膝で支えた。前のめりに沈んだ分だけ、弾力のある肉が繋がった粘膜を抉《えぐ》る。

「ひ、ぁ…っ…」

本田の体積に押し出されたクリームが、ぷちゅっ、と恥ずかしい音を立てて飛び散った。まだこんなにも長く、丈を残していたのか。張り詰めた入り口を隙間なくこすり上げられ、染矢は大きく口を開いた。

「あ…、あぁ、あ」

首筋をさすった本田の掌が、唇を掠める。クリームと、それに混ざる体液の味が舌に滲んだ。不快さより、男の指を嚙《かじ》りたくて舌が動く。

「…ぁ……」

まるで全て知っているように、本田が深く体を倒した。腹を突く圧迫感が酷くなるが、文句は言えない。ぬっと伸ばされた男の舌が、犬みたいに染矢の口腔を舐めた。

「…っ、ぁ…」

火傷《やけど》しそうな熱が、肺で暴れる。舐められてなどいない首筋にまで、鳥肌が立った。

「急に蹴んな。危ねぇだろ」

唸る声に、苦痛の響きが絡む。

だが同じだけ、充足感もあるのだ。

罵《のの》りたいのか、笑ってやりたいのか分からなくなる。怠《だる》くなった顎を動かし、染矢は自分から首を伸ばした。

「ん、あ…」

小言をもらした本田の舌に、舌を絡める。空気に触れた粘膜は、舐めた瞬間には冷たささえ感じた。だが深く含んで吸う頃には、堪《こら》えようもなく熱く口腔を焼く。

ぞっと、射精の瞬間と同じ痺れが下腹を包んで、染矢は声を上げた。

「…あ、ぁあ、本…」

萎えていた性器が、互いの腹をぺちんと撲《う》つ。実際、射精できたとは思えない。汚れた腹を擦り合わせ、染矢は吸われるままに舌を突き出した。

「染矢」

腰を押しつけた男が、荒い息で呼ぶ。それだけで、溶け落ちそうだ。

「あ、ぅう、あ……」

先刻より勢いをつけて、揺すり上げられる。焦《じ》らすことなく、膨れた先端が前立腺《ぜんりつせん》を狙《ねら》って前後に動いた。びたん、と皮膚がぶつかる音が、嫌でも耳につく。耳を塞いだとしても、体の内側で反響する音からは逃れられない。

「は…、あっ、あ」

飽きもせず、繰り返し吸われる舌が怠く痺れる。ままならない呼吸に顳顬《こめかみ》が痛んだが、構わなかった。なめらかに出入りする陰茎の太さに、腹のずっと深い部分が疼く。脈動する肉が、気紛れにその深さまで沈み込んでは小刻みに捏《こ》ねた。

「…あ、っ…」

竦んだ粘膜を奥まで開き、本田が動きを止める。だがそれも一瞬のことだ。奥歯を噛んだ男が、腰を引こうとする。張り出した雁首に前立腺を掻き上げられ、染矢は考えなしに足を振るった。

「ッ…」

瘦せた膝が、男の脇腹に当たる。一度ならずも二度まで撲たれ、本田が低く呻いた。染矢もまた、押し潰される圧迫に声を上げる。

どこまで、愚《おろ》かなのだ。分かっていても、加減などできない。ぐぅ、と息を詰めた男が、染矢を見下ろす。濃い影を落とす本田の眉間を見上げ、染矢は腰を揺らした。

「あっ、あぁ、あっ」

再び深く突き入れられた陰茎に、眼球の奥でなにかが爆《は》ぜる。痛みだったのかもしれない。腹の奥で太い肉が撥ねると、気持ちのよさに背中が反った。

陰嚢《いんのう》が密着するほど強く腰を押しつけ、本田が息を詰める。

「ひ、ぁあ…、本…」

うねる粘膜の奥で、陰茎が弾けた。クリームとは比べものにならない熱さが、みっちりと腹を満たす。

脳味噌まで、煮えてしまいそうだ。

浮き上がった腰を、体重をかけて押さえつけられる。飛沫《しぶき》ごと、射精を続ける肉を何度も擦りつけられ痩せた体がのたうった。

「い、あっ…」

自分自身が射精しているように、びくびくと爪先が跳ねる。気持ちがよくて、どうしようもない。名前を呼んだ男の声に、きゅうっとぬれた穴が引きつった。

「染矢…」

低く呻いた本田が、膝で体重を支え直す。

「……から、無茶すんなって、言ってんだろ」

絞り出された小言が、喉に絡んで凄味を帯びた。

だがそこに籠もるのは、怒りではない。自分を気遣う男を、もう一度蹴りつけてやりたくなる。

「うる、さ……」

何故こんなところばかり、慎重なのだ。

もっと力任せに押し潰したところで、自分は壊れたりしない。底抜けの楽天主義者のくせに、この様《ざま》はなんなのか。

「怪我《けが》させたくねえからよ」

男の声は、まだ掠れて低い。

しかしその息遣いは、憎らしいことにもう落ち着き始めていた。本田が慎重に身動ぐと、繋がった肉がくぷ、と聞くに堪《た》えない音を上げる。

「ぁ、黙…、…大丈、夫」

呻いた肩が、ぎゅっと竦んだ。

大丈夫だなどと、それが真実か虚勢かは染矢にも分からない。だが大丈夫でなかったとしても、構わないのだ。

どんな惨事に見舞われようと、本田はきっと生き残る。楽天家の勝利と言うより、それは皮肉な事実に思えた。腹が立つとしたら、本田にではない。全てに満足している、自分自身にだ。

「あんた、の、自由、に……」

呻いた染矢の胸郭を、汚れた手がぞろりと撫でる。中途半端に勃《た》ち上がった性器を平らな腹で圧《お》されれ、踵がシーツを掻いた。

「もう十分、自由にしてる」

満ち足りた声が、鼻先を囓る。

両手で摑まれたように、肺が強張った。なんて男だ。

ほどけてしまうのは、いつでも怖い。だがそれにさえ、本気で怒れない自分が憎かった。

「ぁ…」

やはりもう一度、蹴り飛ばす力が必要だ。重い膝を持ち上げ、染矢は男の腰に擦りつけた。


「ママァ、今夜も迎えに来てくれるんでしょ？　ヤン車…じゃなかった、白馬に乗った、王子様が」

並んだ鏡台の一つに頰杖《ほおづえ》を突き、トド子がうっとりと溜め息を吐《つ》いた。

縦にも横にも大きな体を、苺柄《いちごがら》のワンピースが包んでいる。大柄な女性は珍しくないが、トド子のそれは人類のなかでも群を抜いていた。そもそもトド子を、女性と見誤る者がいるだろうか。

失礼極《きわ》まりない想像に、染矢は唇を引き結んだ。

実際過去に一人、トド子を女性だと信じた者がいた。だがそれは、例外中の例外と言えるだろう。

そもそもその男は、染矢が経営するオカマバーに足を踏み入れてさえ、そこがどういう類《たぐい》の店か理解しなかったのだ。

「ヤン車も白馬も王子様もなしよ。さ、早く帰る準備しちゃって」

思い出したくない過去の記憶を振り払い、染矢がコンパクトを閉じる。

営業を終えたこの時間は、頑健な従業員たちにさえさすがに疲れが見て取れた。豹柄のストールを巻いたブル子が、艶っぽい唇でトド子へと耳打ちする。

「白馬も素敵だけど、あたしは王子様の乗り心地が知りたいわん」

腹に響く重低音は、いつも以上に気怠げだ。黄色い歓声が、わっと更衣室を包む。

「ああん！　あたしも知りたァい！　て言うか本田ちゃんに乗られてみたァい！」

飲みまくったアルコールのせいばかりでなく、女の子たちの目が爛々《らんらん》と輝いた。尤も女の子と言っても、本物の女性は一人もいない。

本田が染矢に猛烈な求愛を始めて以来、従業員たちの最大の関心事はこれにつきた。誰のものであれ、色恋沙汰《ざた》は彼女たちの大好物なのだ。それが誰よりもうつくしく、憧《あこが》れてやまない雇用主のものとなれば尚更だった。

「明日はみんなに、いつもより早く出勤してもらおうかしら」

鏡を覗き込んだ染矢が、冷淡に告げる。怯むことなく、ブル子が筋骨逞《きんこつたくま》しい体でしなを作った。

「ママってば、近々本田ちゃんと海外に行くのよね？　旅行先と日程は決まったの？　本田ちゃんを白状させたとこによると、ついに二人で新……」

ぴくりと、細い首筋が引きつる。言葉の続きを遮《さえぎ》り、染矢はくるりと体ごと振り返った。

「明日はみんな、同伴ノルマも上乗せね。ついでに全員、時間外手当はカット」

にっこりと笑われ、黄色い声が野太い悲鳴に変わる。

「横暴よママ！　ママがその気なら、本田ちゃんに協力してドエロい…いえ、どえらい目に遭わせちゃうんだからッ」

「そうよそうよ！　本田ちゃんが欲しいって言うだけ、ママの休み作っちゃうわよ!?」

口々に不平を並べる従業員たちに、染矢はひらひらと手を振った。

「旅行になんか行かないし、休みも取らないわ。いつまでも油売ってないで、早く帰りなさい。皆、風邪《かぜ》引かないようにね」

「ママのいけずー！」

すっかり男に戻った絶叫に背を向け、染矢が更衣室を後にする。

関係を悟られてから今日まで、毎日のように繰り返されている遣り取りだと思うとまたしても頭が痛い。皆余程気になるのか、飽きることも懲《こ》りることもしなかった。唯一救いがあるとすれば、本当に個人的な領域に踏み込んでくる者は、一人もいない点だろうか。

好奇心が勝《まさ》りこそすれ、染矢の幸福を願ってくれていることは真実なのだ。

「それはそれで大変なんだけど…」

溜め息をもらして、裏口を開く。

連日の送り迎えだけで、これなのだ。もし本田がほぼ染矢のマンションに住み着いていることを知られたら、どうなるか。眉間の皺が深くなり、染矢は額を押さえた。

「なにが大変なんだ」

頭上から、固い足音が響く。

投げられた声に、染矢ははっとして階段を見上げた。

「本田」

路地へと通じる非常階段に、長身の男が立っている。黒い上着を羽織《はお》った本田が、手のなかで鍵束を鳴らした。

「悪ぃ、遅くなったな」

詫《わ》びた男に、疲労の翳《かげ》りはない。見慣れてはいるが、恐ろしい話だ。

「大丈夫だ。一人でだって帰れるし」

迎えの必要はないと訴えてみるが、相変わらず本田の耳には届いていないらしい。

今朝、自分たちが何時まで抱き合っていたのか。考えるのも莫迦莫迦しいが、男はいつもと同じ時刻には寝台を出て行った。いくら毎日の仕事で鍛《きた》えられているとはいえ、あり得ない体力だ。もしかしたら仕事後に、工場で仮眠くらい取っているのかもしれない。そうだとしても、本田の頑健さには驚かされた。

「マンション寄らずに、直接行こうぜ」

階段を上った染矢へ、本田が顎をしゃくる。どこへ、行くのだ。

「買い物か？　行くってどこに…」

口にしかけた途端、ぞっと首筋の産毛《うぶげ》が逆立《さかだ》つ。

明け方近くに、自分たちがなにを話題にしていたのか。先刻ブル子が叫ぼうとしていた言葉が、脳《のう》裏《り》に蘇った。

「待…ッ！　本田、何度も言うけど僕は……」

昨夜の話には、まだ決着がついていなかったのか。

長期の休暇も取らないし、飛行機に乗って世界の果てに飛んだりもしない。上擦った声を上げた染矢に、本田が路上の車を示した。

「箱根」

「………え？」

心当たりのない地名に、声がもれる。

黒い車の扉を開き、本田が振り返った。

「行きてぇって言ってただろ、昨日」

当たり前のように口にされ、染矢が男と車とを見比べる。

「…それ…って……」

確かに昨夜、どこに行きたいかと問われ、染矢は適当な地名を口にした。草津《くさつ》だったか、伊東《いとう》だったか、よく覚えてもいない。同性婚を許す国でなければ、どこでもよかったのだ。

「道は任せとけ。他に寄りてぇ店とか、なんかあんのか？」

車のダッシュボードを探った本田が、色鮮やかな雑誌を掴む。箱根、と大きな文字が踊る、旅行雑誌だ。

「別、に…」

箱根に、出かけたかったわけではない。言葉が喉元へ込み上げたが、声にすることはできなかった。叩き落とせないまま、突きつけられた本を見下ろす。

「だったらどっかよさそうなとこ、探そうぜ。明日昼から回っても、そこそこ行けんだろ」

本当にこのまま、出かける気なのか。助手席を示され、染矢は男を見た。立ちつくしたきり動こうとしない染矢に、本田が眉間を歪める。

「安心しろ。新婚旅行じゃねえから」

きっぱりと否定され、驚きに息が詰まった。

箱根に行ったところで、婚姻を結べるわけではない。警戒する理由はないはずだが、しかし目の前の男に常識など通用しないのだ。それと同時に、本田は嘘をついて人を欺《あざむ》く男でもなかった。

「……分かった」

本田が新婚旅行でないと言うのなら、それは真実なのだろう。

ようやく、諦めてくれたのか。

否、諦めてはいないかもしれないが、今夜飛行機に詰め込まれる危険はなさそうだ。

詰めていた息を解くと、力ない笑いがこぼれそうになる。なんて心配を、しているのだろう。手にした雑誌に目を落とし、染矢は助手席に腰を下ろした。

うつくしい自然と、瀟洒な建物が表紙を飾っている。情報収集は携帯端末で大抵事足りてしまうが、こんなものを手に出かけるなどいつ振りだろうか。

「飲み物買ってくる」

通りに出ようとした男が、不意に足を止めた。窓《パワーウィンドウ》を下ろすよう促され、染矢が顔を上げる。

「本……」

下がった窓の向こうから、男が深く身を乗り出した。

驚く間もなく、唇に口が重なる。扉越しに唇を舐められ、染矢は双眸を瞬《しばた》かせた。

「っ、な…っ」

店の女の子たちに見られたら、どうなるか。叫び声を上げそうになった染矢に、本田が後部座席を指した。

「他にもあるから、見とけ。帰りに幾つか、寄って行こうぜ」

機嫌よく告げた男が、通りへと踏み出す。幸い、周囲には本田以外の人影は見当たらない。従業員たちに見咎《みとが》められなかったことは勿論、染矢は路上が暗いことにも心から感謝した。赤くなっているだろう顔を恥じ、唇を右手で押さえる。

「他にもって……」

手のなかにある旅行雑誌は、真新しいものだ。昨夜の苦し紛れを真《ま》に受けて、わざわざ買い求めてくれたものだろう。思い込みの激しさに閉口していいのか、喜ぶべきなのか判断に窮《きゅう》する。

街灯の明かりの下で、染矢は手にした雑誌を捲《めく》った。

行楽というものに、染矢はあまり縁がない。化粧を落とした自分には、休日の外出など億劫《おっくう》なだけなのだ。今だって、そう思う。だが手にした本を飾る写真たちは、どれも活《い》き活《い》きと目に映った。

たまにはこんな本を眺め、出かけるのも悪くないのか。その相手が本田だということにも、不満はなかった。

「新婚旅行じゃ、ないわけだし…」

声に出して呟くと、愚かさに唇が歪む。どんな表情で取り繕《つくろ》うべきか分からず、染矢は後部座席を振り返った。まだ他にも、雑誌を買い込んでいるらしい。薄暗い座席を覗いた染矢が、ぎくりとして動きを止める。

「………これ…」

布張りの座席には、確かに雑誌が積まれていた。だがそれらは、箱根を紹介した本ではない。

ふるえる手で、海外の街並みが写された冊子を摑む。一番上に載せられた書類が、嫌でも目に飛び込んだ。

「…………海外移住相談会…」

読み上げた題字に、目眩がする。しかも書類に記《しる》された日時は、明日のものではないか。

「……ッ…」

叫び出したい気持ちで、通りを振り返る。まさか、帰りに寄ろうと言うのはこれのことか。

買い物を終えた本田が、いつもと変わりない足取りで道を横切るのが見えた。

地球上のどの土地を踏もうと、あの足取りに変化などないのだろう。本田は自分が決めた道を、迷いなく進むだけだ。飛行機が落ちようが法律が拒もうが、そんなものは関係ない。

今すぐ走り出て、本田の首を絞めるべきだ。分かっていたのに、染矢は動くことができなかった。

男と同じ大地を歩む時、自分の足元は今より揺るぎないものになるだろうか。たとえ大惨事を生き残る三人に加われなくとも、それを踏めただけでも幸福だと思うに違いない。

瞬間、脳裏を掠めた想像に、染矢はぶるっと全身をふるわせた。

我に返ると同時に、ハンドバッグを逆さに振る。蝶《ちょう》が舞う携帯端末を、染矢は耳に押し当てた。

「助けてパパ！　緊急事態よ…ッ」

相手が電話に出るや否や、叫びを上げる。

日本を離陸する全ての飛行機の欠航を願うより、乗らずにすむ方法を模索する方が賢明だ。本田が車に戻り着くまで、もう三歩だって残ってはいない。錐揉《きりも》み状態の日常のなかで、染矢は緊急事態を宣言した。

AVじゃないっ

「自信作ですわ」

分厚い紙の束を、祇園寅之助《ぎおんとらのすけ》が差し出した。

白に近く見えるほど、髪を明るい金髪に染めた青年だ。下がり気味の目尻が、祇園の顔立ちをより人懐っこいものに見せている。だがそれが今は、緊張感に引き締まっていた。

「兄さんと綾ちゃんがここんとこ賭けをしとったちゅう話を小耳に挟《はさ》んでやね。その瞬間、急にひらめいたんですわ。いわば神の啓示っちゅうやつやね」

興奮を隠さず、祇園が斜め向かいに座る男を見る。

ゆっくりと煙草《たばこ》をふかしていた狩納北《かのうほくと》が、低い舌打ちの音を落とした。たったそれだけで、ひやりと背筋が冷えるような威圧感がある。

座っていてさえ、驚くほど背が高いであろうことが分かる男だ。スーツを身につけてはいるが、決して温厚なサラリーマンに見えはしない。事実二十代半ばをすぎたばかりの若さながら、狩納はこの新宿で自ら金融会社を経営していた。

「なんでお前に昼飯食われた挙げ句、こんなゴミ突きつけられなきゃならねぇのか、その神とやらに聞いてみたいぜ」

煙草の灰を灰皿へ落とし、狩納が長く息を吐く。

だが言葉ほど男が殺気だっていないことを、祇園もつき合いの長さから理解しているのだろう。真顔のまま、青年が食卓に身を乗り出した。

「ほんま美味《おい》しかったですわ。ご馳走《ちそう》様綾ちゃん」

ぱん、と両手を合わせせられ、綾瀬雪弥《あやせゆきや》が湯呑みを差し出す。

お粗末様でした、と頭を下げると、やわらかな髪が揺れた。

繊細な綾瀬の睫《まつげ》を、真昼の陽光がやさしげに彩《いろど》っている。指を伸ばし、触れてみたくなるような色だ。睫だけでなく、色素の薄い髪もまた溶けそうな琥珀《こはく》色に輝いている。あたたかな日差しのなかで、綾瀬は食卓を見下ろした。

浅蜊《あさり》の吸い物に、ちらし寿司。金目の煮つけや肉巻きなど、綾瀬が用意した昼食は四人前に近かった。それが今は全て、三人の胃袋へ消えたのだ。三人と言っても大半は、一口ごとに称賛の声を上げた祇園と、大柄な狩納の腹へと収まった。

「寝食忘れてこれ書いとったからね。もう腹が減って腹が減って…。兄さんとこの仕事もここんとこ忙しかったたし。本当、美味しいご飯食べさせてもらって生き返ったわ」

改めて手を合わせ、祇園が唸《うな》る。

本業は大学院生だという祇園だが、時々狩納の仕事を手伝ってもいるらしい。今日もそうした用件で、事務所に呼び出されていたそうだ。しかしこうやって祇園と昼食を共にするのは、狩納にとって予定外のことだったらしい。

狩納が経営する金融会社の事務所は、マンションと同じビルの二階にある。昼食を取るため狩納が帰宅すると知り、祇園が部屋までついてきた。狩納は帰れと呆《あき》れていたが、誰かと食卓を囲めるのは嬉《うれ》しいことだ。話術に長《た》けた祇園のお蔭《かげ》で、食卓はいつも以上に賑《にぎ》やかなものになった。

「ちゅうことで兄さん、これ読んで」

凝《こ》りもせず、祇園が紙の束を突き出す。

論文、だろうか。あるいはなにか、狩納の仕事に関係する書類か。そんな希望的な考えが浮かんだが、どれも綾瀬の不安を払拭《ふっしょく》してはくれなかった。

思わずそっと、狩納を盗み見る。男は、顔色一つ変えてはいない。だが綾瀬は、決して泰然《たいぜん》と構えていられなかった。

祇園には以前にも、土産《みやげ》と称して様々なものを持ち込んだ前科がある。前科などと呼ぶのは、そうやって贈られた品物が綾瀬にとって決してありがたいものばかりではなかったからだ。

今も大きなクリップで留められた紙の束を押しつけられ、狩納が胡散臭《うさんくさ》そうに眼元を歪《ゆが》める。一番上には大きな字で、なにか題字らしきものが印字されていた。

「……あ、あの、俺、片づけもの、してきますね」

これ以上、ここにいてはいけない。

本能的な警鐘《けいしょう》に背を押され、綾瀬が盆を引き寄せる。だが踵《きびす》を返す間もなく、日に焼けた腕にがっしりと手首を摑《つか》まれた。

「ちょっと待って！　これ、是非綾ちゃんにも目ぇ通して欲しいんや！」

「いえ、俺は…」

「心配せんといて。変な脚本《ほん》やない、綾ちゃんに主演してもらうに相応しい最高傑作やから！」

脚本。

その言葉に、綾瀬は自分の不安が的中したことを知った。椅子《いす》へと引き戻され、助けを求めるように狩納を見る。相変わらず表情を変えないまま、狩納は押しつけられた紙の束を眺《なが》めていた。

「あ、あの、前にもお断りしたと、思うんですけど…」

勇気を振り絞って、声を出す。

変なビデオになど、絶対に出ない。

前にもそう、伝えたはずだ。何故これほど、祇園は自分などを勧誘するのだろう。冗談だとしても、綾瀬にはそれを上手く躱《かわ》せるだけの器用さなどない。泣きたいような気持ちで、綾瀬は薄い唇《くちびる》を引き結んだ。

「なにが傑作だ。どうせいつものAVなんだろ」

ばさりと、狩納が紙の束を食卓に放る。率直すぎる言葉に、祇園がもげそうなほどの勢いで首を横に振った。

「なに言うてはりますの！　ぎょんちゃんがAVしか書かんと思うたら大間違いですわ！　今回のこ

れは、正真正銘ハリウッドも真っ青の超感動大作！　AVとはまた全然別物のハートフル純愛作品ですわ！」

「こ、このタイトルで…？」

食卓に投げ出されたそれは、到底清潔な内容が連想できるタイトルではない。思わず声を上げた綾瀬に、祇園が力強く頷いた。

「エンターテイメントも意識しとるからね。安心して、情感が必要な撮影は兄さんと綾ちゃん二人きりだけで撮るから、プライバシー的にも問題ないやろ。まあまずは脚本読んでみて！　綾ちゃんの役は事情があってやくざの賭場《とば》で壺振《つぼふ》りをさせられてる美少年博徒《ばくと》…！　親が賭けに負けて、その借金の形《かた》に取られてもうたんや。時代物やからね、衣装はぎょんちゃんの好みで晒《さら》しとか巻いて欲しいわけやけど、兄さんはやっぱ着流しですわ。こっちは事情があって今は賭場の用心棒。綾ちゃんが逃げ出さへんか見張る立場なんやけど、実は二人には因縁が……」

捲《まく》し立てる祇園の声が、唐突に断ち切られる。

ごつりと響いた鈍い音に、すぐには悲鳴さえ上がらない。綾瀬もまた、岩のような拳《こぶし》で殴《なぐ》られた祇園を茫然《ぼうぜん》と見る以外なにもできなかった。

「ったーッッッ!!」

絶叫が、響く。

頭を抱えて蹲《うずくま》った祇園へ、綾瀬は慌《あわ》てて駆け寄ろうとした。

「だ、大丈夫ですか、祇園さ…」

伸ばした腕ごと、瘦《や》せた体を攫《さら》われる。

椅子に座ったままの狩納が、猫の子を拾うほどの単純さで綾瀬の腰を引き寄せた。

「懲《こ》りねえ奴だな」

うんざりとした嘆息をもらし、狩納が腕の時計で時間を確かめる。咥《くわ》えていた煙草を灰皿に押しつけ、男がスーツの上着へと手を伸ばした。

「下らねえもん書いてる暇があったら、事務所で掃除でもしてこい」

「なに言うてはるんですか兄さん…！　これはやねえ、今は敵対する立場に立たされた者同士の真実の愛がテーマの物語で、そこにぎょんちゃんオリジナルのエロ双六っちゅう風雅でそこはかとないエロティックファンタジーを添えた…」

涙をこぼしながらも訴える祇園を無視し、狩納が上着を羽織る。

「行くぞ」

「…撮影に？」

間髪入れずもう一発、懲りない男の頭に拳が見舞われた。ぐああっ、と割れるような悲鳴を上げ、祇園が床をのたうつ。

「決まってんだろ。仕事に戻るんだ。お前《め》ぇも今すぐ帰らねえと、このクソ脚本と一緒にディスポーザーに突っ込むぞ」

した。

「そんなぁ…」

悶絶しながらも、しかしここが潮時だと悟ったのだろう。顎《あご》をしゃくられ、祇園が渋々と体を起こ

「鍵はちゃんとかけておけよ」

名残惜《なごり》しそうな祇園を玄関へと追い立て、狩納が綾瀬を振り返る。まだどきどきと煩い胸を抱え、綾瀬は高い位置にある男の双眸《そうぼう》を振り仰いだ。

「俺、できることがあるなら、事務所へお手伝いに行きましょうか？　今からでも、掃除くらいならすぐすむと思いますから」

「心配するな。今日は少し遅くなるかもしれねえが、万が一部屋を出る時は必ず連絡しろ」

短く告げた男が、腕を伸ばす。

気づいた時には、ちゅ、とちいさな音が唇で鳴っていた。

キス、されたのだ。

小柄な綾瀬にキスするためには、狩納は深く体を折らなければならない。だがいくら広い狩納の背中で遮《さえぎ》られていたとしても、祇園の目から隠し果《おお》せたとは思えなかった。実際覆い被さるように屈《かが》んだ男の後ろで、祇園が息を呑《の》むのが分かる。

歓声を上げようとした祇園を、狩納が扉の外へと蹴り出した。口笛を吹き鳴らす青年に構わず、狩納がもう一度綾瀬の髪へ唇を落とす。

「いい子にしてろよ」

耳元に注がれた囁《ささや》きに、一呼吸遅れて顔が熱くなった。それこそぼんっと、音を立てて耳まで真っ赤になったのではないか。

あ、う、と唸ることさえできない綾瀬の髪を、大きな掌《てのひら》がくしゃりと撫《な》でた。扉の外で騒ぎ続ける祇園を、狩納が再び蹴《け》りつけたらしい。賑やかな声が遠ざかっても、綾瀬は身動き一つできなかった。


フローリングの床を、固く絞った雑巾《ぞうきん》で拭《ふ》く。

廊下から順に床を磨《みが》いて、綾瀬は居間を見回した。

重厚なソファセットを備えた居間は、溜《た》め息がもれそうなほどに広い。主である狩納の気質を反映してか、どの部屋も生活感には乏《とぼ》しかった。

こんな広い部屋を磨くのは、高校での教室掃除以来だ。全ての部屋に掃除機をかけ、風呂場を洗って洗濯機を回し終える頃には半日近くがすぎてしまう。窓や飾り棚といった細々《こまごま》とした場所までは、さすがに毎日は手が回らない。

綾瀬を手元に置く以前の狩納は、部屋の清掃などは全て業者に任せていたようだ。今だって、狩納は綾瀬が家事をして当然だとは考えていないらしい。むしろ必要なら、いつだって業者を入れればいいいと言ってくれる。気持ちはありがたいが、わずかとはいえ自分が役に立てることがあるのなら、それは嬉しいことだった。

「後は、食堂を片づけて…」

食器はすでに、下げ終えている。

もう一度布巾《ふきん》で食卓を拭《ぬぐ》い、灰皿を新しくすれば今日の作業は大方終了だ。真新しい布巾を手に食卓へと向かい、綾瀬はちいさく首を傾《かし》げた。

位置を整えようとして触れた椅子の上に、見慣れない封筒が載っている。

「…なんだろう」

厚みのある、大判の封筒だ。社名は見当たらないが、書類が収められているのが見て取れる。狩納の、忘れ物だろうか。

すぐに事務所へと連絡を入れようとして、綾瀬はあることに気がついた。

「……ここって、祇園さんが座ってた席だよね」

悪い予感に、首筋のあたりの産毛《うぶげ》がちりちりと逆立つ。喉《のど》を鳴らし、綾瀬は手のなかの封筒を見下ろした。

結局、あの脚本はどうなったのだろうか。

男たちが部屋を出ようとした時、綾瀬は忘れ物がないか確認をした。食卓の上にはなにもなく、祇園が脚本を持ち帰ったのだと安堵《あんど》していた。狩納がそうするよう、指示したのかもしれない。だがどうした経緯でか、脚本はひっそりと椅子の上に置かれたままになっていたらしい。

「……どうしよう」

祇園の手元に、返すべきか。

いや、これはすでに狩納の持ち物なのかもしれない。いずれにせよ、綾瀬が狩納を介さず直接祇園に連絡を取ることはできなかった。

ではこの脚本ごと、判断を狩納に任せればいいのか。

そう思い至り、綾瀬は声にならない唸りをもらした。

これを狩納に渡す。

これ、を。

途端に封筒をずっしりと重いものに感じ、綾瀬は指先を迷わせた。同時に、封筒から目を逸《そ》らすこともできなくなる。

封筒に封はされておらず、口は開いたままだ。

あの時、タイトルがはっきりと目に飛び込んだではないか。狩納ではないが、そこから連想される脚本の主題など、一つしかない。

叫ぶ声は確かにあるが、だが、と思う気持ちもあった。

祇園は感動的な物語だと、そう言っていたはずだ。少なくとも、ＡＶではないとはっきり主張していた。ＡＶではなく実際に無害な内容であれば、脚本が狩納の手に渡っても心配はない。先程と同様に、さっぱりと脚本を返すか捨てるかしてくれるだろう。だが万が一これが卑猥な内容で、狩納が興味を持ったらどうなるか。想像すると、手のなかの封筒が重みを増した。

「……ごめんなさい…っ」

他人の持ち物を勝手に検《あらた》めるなど、許されることではない。分かっていたが、綾瀬は意を決すると封筒から厚い書類を引き出していた。

一縷《いちる》の望みを託《たく》して覗《のぞ》き込んだ表紙の文字に、がっくりと肩が落ちる。丸みがかった書体で印字された題字が、痛いくらい目に飛び込んだ。

ぬれぬれ壷振り。出た目で犯して。

こんなもの、タイトルと呼んでいいのか。

目眩《めまい》がするのと同時に、自分の指がしっかりと脚本に食い込んでいたことに気づく。慌てて封筒ごと食卓に押しやり、綾瀬は崩れるように椅子へと座り込んだ。

「……っ…」

大衆向けに、敢えて堅苦しいタイトルを避けることもあるだろう。だがこれは、そうしたエンターテイメント性という言葉に収まるタイトルなのか。どうしていいか分からず、なんとなく椅子を引いて脚本との距離を取る。だが離れた位置から眺めても、紙の束は整然とそこにあった。

もしかしたら祇園はわざと、これを置いて帰ったのかもしれない。胸に湧いた疑念に、喉の奥がひりつく。

そうであるならば、狩納の眼に触れる前に捨ててしまうのが一番だ。できもしないことを考え、綾瀬はそっと腕を伸ばした。やめておけ、と、叫ぶ声は確かにある。だがまるで吸い寄せられるように、指先が脚本をつまんでいた。

怖いもの見たさというやつか。

いや、自らの手で開いてしまったパンドラの箱から、最後に残った希望を探し出そうとしているのかもしれない。なんにしても誘惑に逆らえず、綾瀬は表紙の端を持ち上げた。

食卓から不自然に体を離したまま、そっと脚本の文字を覗き込む。

「……『場所、人が引けた賭場。博徒たちで賑やかだった賭場も、今は人がおらず寂《さび》しい佇《たたず》まい。一人酒を飲んでいた狩納の元に、綾瀬が訪れる。綾瀬は狩納に博打《ばくち》での勝負を持ちかける。自分で着物の前を寛《くつろ》げ、M字開脚。真っ白な腹に賽子《さいころ》を載せ、腰を振って床に落とす。「狩納さん、俺と勝負して下さい。狩納さんが勝ったらこのえっちな下着、全部脱ぎます」狩納に見せつけるように、綾瀬は妖艶《ようえん》に腰を動かし…』………」

拾い読んだ数行に、綾瀬の指がぶるぶるとふるえる。

「な、なんだ、これ…っ」

これのどこが、変な脚本ではないのだ。

タイトルもタイトルなら、内容も全くそのままではないか。ふるえる指が捲《めく》った頁《ページ》のどこもかしこもに、卑猥《ひわい》な科白《せりふ》が踊っている。感動巨編に添えられた、エンターテイメント的な官能と呼べる量ではない。むしろ、それしかなかった。

喘ぎ声に埋めつくされた脚本をどう逆さに振っても、感動的な要素を見つけられるとは思えない。だがそんなことも、最早どうでもよかった。どう考えても時代劇ですらない点さえ、どうでもいいのだ。

「俺、こんなこと、絶対言わない…！」

衝撃に、声がふるえる。

どの頁を捲ろうと、登場する主人公の名前は綾瀬、だ。

自分と同じ名前を持つ人物が、やはり狩納という名の男と性行為を繰り広げている。確かに、主演して欲しいとは言われた。だが、こんなことがあっていいのか。完全な創作だと主張されたところで、これを笑って受け流せる者がいるとは思えなかった。

「……どうしよう…」

好奇心に負け、頁を捲った罰《ばつ》か。封筒に気づきさえしなければ、こんなものを目にすることもなかったのだ。

理不尽に呪《のろ》っても、すでに遅い。

それ以上読み進める気になど到底なれず、綾瀬はふるえる指で脚本を封筒へ押し込んだ。

どうしよう。

本当に、どうしよう。

改めて、直面した現実に唸る。

できることなら、今すぐこれを捨ててしまいたい。だがそうする権利が自分にないのは、明白だ。中身を見なかった振りをして、祇園に返すべきか。いや、それも絶対避けたいところだ。そしてなにより一番危惧《きぐ》すべきは、この脚本が狩納の手に渡ることだった。昼食時と同様に脚本に関心を示さずにいてくれればいいが、もし狩納の気が変わったらどうなるか。

脚本に書かれているのは、あくまでも綾瀬自身とは無関係な人物だ。それでも自分の名前を持つ人物の痴態《ちたい》を、狩納の眼に晒したいとは思わなかった。呆れるにせよ面白がられるにせよ、狩納の反応など想像するのも怖い。

「……隠すしか、ない、よね…」

自分自身に、言い聞かせる。

恐る恐る封筒をつまみ上げ、綾瀬は広いマンションを見回した。


深い眠りのなかで、何故その音に気づいたのか。

微《かす》かに響いた物音に、綾瀬は長い睫を瞬《またた》かせた。あたたかな寝台で、時間を確かめようと寝返りを打つ。

狩納はまだ、帰っていなかったのか。

薄暗い部屋のなか、自分が一人きりであることに気づく。

先日、祇園が昼食に訪れた日もそうだったが、狩納はここ最近帰宅時間が遅かった。眠い目をこすりながら、時計の文字盤を読む。

時刻は、午前十二時を少し回ったあたりだ。綾瀬が寝台に入って、まだ一時間ほどしか経《た》っていないらしい。ちいさく伸びをして、綾瀬は寝台を下りた。

カーディガンを羽織り、廊下に出る。台所に灯《とも》る明かりに気づいて、綾瀬はほっと息をもらした。

狩納が、帰宅したのだろう。台所へ直行したということは、腹が減っているに違いない。起こしてくれれば、よかったのに。まだ覚束《おぼつか》ない足元で、綾瀬は冷えた廊下を進んだ。

「狩…」

照明が落とされた台所に、大柄な影が浮かんで見える。狩納だ。

声をかけようとして、綾瀬は動きを止めた。

開け放されたままの冷蔵庫の明かりが、男の横顔を照らしている。床に直接胡座《あぐら》を掻《か》き、冷蔵庫の扉を開いたままビールを飲んでいるのだ。なかのものが傷《いた》むから、扉は閉めた方がいいですよ。いつもそう伝えているのだが、狩納のこの癖《くせ》はなかなか直らない。普段ならすぐに近づいて、扉を閉めるところだ。

だが今夜の綾瀬は、立ちつくすことしかできなかった。

淡い明かりに浮かび上がる狩納の双眸は、冷蔵庫のなかを物色しているわけではない。開栓されたビール瓶《びん》を傍《かたわ》らに置き、男は己の手元に眼を向けていた。

なにを、眺めているのか。

気づくと同時に、血の気が下がった。

「綾瀬か？」

微動だにできずにいる綾瀬を、男の双眸が捉《とら》える。口から、心臓が飛び出すかと思った。返事もできない綾瀬に、狩納が眉《まゆ》を引き上げた。

「起きてたのか、お前」

瓶を引き寄せ、狩納が水のようにビールを煽《あお》る。その声には、なんの含みもない。口振りも表情も、狩納の全てはいつもとなんら変わりなかった。

「お、お帰り、なさ、い…」

「どうかしたのか」

不思議そうに尋ねられ、綾瀬が弾かれたように首を横に振る。

「い、いえ、あの、なにか…、作りましょう、か…？」

苦し紛《まぎ》れとはいえ、声が出たのは幸いだった。細く尋ねた綾瀬に、狩納が頷《うなず》く。

「おう。お前も飲むか？」

綾瀬はいまだ未成年であり、飲酒は許されていない。気軽に誘われ、綾瀬はさらに大きく首を横に振った。

「今日は、いいです…っ。すぐに用意しますから、どうぞリビングに行っていて下さい」

一刻も早く、この場から逃げ出さなければ。いやせめて、狩納が居間に移動してくれたら。

祈るような気持ちで促すと、大きな体がのっそりと立ち上がった。見上げるほどに、背の高い男だ。

毎日目にしていても、新しい驚きが胸に湧《わ》く。

「分かった」

意外なほどの聞き分けのよさで、狩納がビール瓶を指に引っかけた。心の底からほっとして、綾瀬が調理台へと急ぐ。

取り敢《あ》えずつまみを用意し、たくさん酒を出したら自分は寝室へ引っ込もう。根本的解決には程《ほど》遠いが、まずはこの場を切り抜けるのが先決だ。意を決した綾瀬を、狩納が振り返る。なあ、と声をかけられ、誇張ではなく息が止まった。

「さっき見つけたんだが、なんだ。こいつ」

なに、って。

のんびりと尋ねた男が、書類の束を示す。

突きつけられた題字が、薄暗がりのなかでもはっきりと読めた。この数日来綾瀬を悩ませ続けた、あの脚本だ。

「ぬれぬれ壷振り。出た目で犯して…って、この前祇園が置いていったやつだろ？」

官能的なまでに響きのよい低音が、阿呆《あほ》らしい題字を棒読みにする。なんの揶揄《やゆ》を織り交ぜることもせず、男がぱらぱらと脚本を捲った。

「いい具合に冷えてるぜ、こいつ」

確かに、冷えているだろう。

我に返り、綾瀬は男の腕に飛びかかった。

「や、やめて下さいっ」

狩納の手から引ったくったそれは、やはりしっかりと冷えている。

「なんだってそんなもんが、冷蔵庫のなかにあったんだ」

冷蔵庫。

狩納が指摘する通り、脚本が収められていたのは銀色の冷蔵庫だ。事故で紛れ混む可能性は、万が一にもあり得ない。答を知っているだろう男が、不思議そうに首を傾げた。

「お前が入れたのか？」

違います、と叫《さけ》べたらどんなにいいか。

だが、そうすることはできなかった。厳重に袋にくるみ、これを冷蔵庫に隠したのは紛れもなく綾瀬自身なのだ。

「腐るもんじゃねえだろ、そいつ。冷やしてどうする。お前、そんなにこいつが欲しかったのか」

「欲しくなんかありませんっ」

蹴り上げられでもしたように、綾瀬が大きく首を横に振る。裏返った叫びを訝《いぶか》り、狩納が眉をひそめた。

「なに焦《あせ》ってんだ」

「欲しくなんかありませんし、絶対、よ、読んでなんか、い、いません…っ」

撤退だ。もうここは、寝室に逃げ込むしかない。

これ以上自己弁護をする自信もなく、綾瀬は脚本を抱えたまま踵を返した。

「なんで逃げる」

相変わらず不思議そうな声と共に、二の腕を摑まれる。易々と体を引き戻され、鼻先に狩納の双眸が迫《せま》った。

見慣れたと思っていてさえ、鋭い眼光はどうしたって怖い。ぞくりと背筋をふるわせた綾瀬に、気づいたのだろう。怯《おび》えた目の色を覗き込み、狩納が思案気に動きを止めた。

次の瞬間、にや、と男が笑う。

まるで獲物を見つけた、猛禽《もうきん》だ。背筋をどっと冷たいものが流れたが、退路はなかった。

「狩…」

「そういうことか」

「なななななにがですか…っ」

一人頷いた狩納が、綾瀬のカーディガンに手を伸ばす。冷蔵庫の扉が背中に触れて、予期していなかった冷たさに息が詰まった。

「お前は乗り気だったってわけか」

綾瀬が抱えたままの脚本を、男が顎で指す。そんなわけ、あるか。ちぎれそうに首を振り、綾瀬は上擦る声を張り上げた。

「ち、違います！　俺、欲しくもないし、絶対、絶対読んでなんか…！」

「後生大事に冷蔵庫で冷やしておくくれえだからな。よっぽど興味があったんだろ」

絶対に、違う。

訴えようにも、狩納は耳を貸してくれない。実際、ちらりと内容を覗いてしまったのは事実だ。しかし、断固として気に入ってなどいない。懸命に主張するが、器用な腕があっと言う間に綾瀬の腰から寝間着を引き下ろした。

「ちょ…っ」

脚本を抱えていては、両手で阻止しようにも上手くできない。冷蔵庫の前で追い詰められ、果物の皮を剝《む》く容易さでカーディガンも奪われた。逃げようと揉《も》み合うが、呆気なく冷たい床へと転がされてしまう。

「狩納さんっ」

「そんな声出すなよ」

笑った男の手が、薄い布の上から性器を摑んでくる。まだなんの反応もしていない肉を掌で押され、ひあ、と声がもれた。

「どこ、触って…」

「お前見てると、本当に飽きねえな」

心底からの嘆息が、耳のつけ根を舐《な》める。それだけで、ぞくりとした痺《しび》れが首筋を包んだ。こんな台所の床でなど、覚えるような感覚ではない。分かっていてもうなじどころか舌の表面までもがぞわぞわとして、綾瀬は足をばたつかせた。

「冗談、は…」

「冗談だと思うのか？　俺に隠し事をしようって態度は、可愛《かわい》くねえと思ってるぜ」

笑うように細められた狩納の双眸に、悲鳴がもれそうになる。

もっと早く、撤退すべきだった。

自分は、とんでもない墓穴を掘ってしまったのではないか。今更気づいても、すでに遅い。掌にくるまれた性器へとゆっくりと握力を加えられ、綾瀬はひ、と顎を突き出した。

「嫌なら嫌で、俺に言えばいいじゃねえか。それを冷蔵庫なんかに隠しやがって」

舌打ち混じりに、狩納が内腿へと手を差し込んでくる。触れるか触れないか、微妙な手つきで膝《ひざ》までを撫でられ、ぞわりと産毛が逆立った。

「それは…」

「もう黙ってろ」

命じた男の唇が、かぷりと胸元を噛《か》んでくる。ひ、と上擦った声を上げた綾瀬を無視し、狩納の右手が性器を転がした。

「いっ」

弱い場所を口と手とで刺激され、痩せた体がのたうつ。暴れる白い肌を好きなように吸い、男が手早く寝間着の釦《ぼたん》を外した。乳輪に添って丸く動いた舌が、ぴんと尖《とが》った乳首を弾く。

それだけで、爪先が引きつった。だが乳首を揶揄《からか》った舌は、そこに長く留まろうとはしない。ぬめぬめと体の中心を這《は》い降りた舌が、臍《へそ》をくすぐりそこさえ越えた。

「や、狩納さ…っ」

腰をさすった狩納の手が、なんの苦もなく綾瀬の下着を引き下ろす。やわらかな陰毛と、その下にある性器が呆気《あっけ》なく下着からこぼれた。

「あ、駄目っ」

微かな息遣いが、剝《む》き出しにされた先端に当たる。視線を下げれば自分の股間へと顔を寄せる男の姿が飛び込み、その卑猥さに目眩がした。途端に、まだ満足な反応を示していなかった性器に血が集まる。快感というより、焼けるような感覚に近い。

期待の、せいか。ひくりと健気な反応を示した綾瀬の性器に、狩納が満足そうに笑う。

「美味そうだ」

声の終わりが、ぬれた熱になった。ぺちょ、と音を立て、先端にやわらかなものが当たる。

狩納の、舌だ。

想像しただけで、腰骨が溶けて崩れそうになる。

「あァっ、あっ」

握り締めていた紙の束が、ばさばさと床に落ちた。だがそんなこと、もう頭に入ってこない。舌の動きと、それが立てる水音にどうにかなってしまいそうだ。粘膜の色を顕《あら》わにする先端を、舌の平で味わうようぐりぐりと舐められた。

「待、や…、あっ、舌…」

ちいさな穴の上を縦にくすぐられ、ちゅ、と軽い音を立てて吸いつかれる。それだけで、びくっと突き出すように腰が撥《は》ねた。

脚本に描かれていた人物と同様に、自分は為《な》す術《すべ》もなくこんな場所で快楽に屈服させられている。そう思い描くと、羞恥《しゅうち》と興奮に下肢が重さを増した。

「狩……」

男に舐められ含まれた部分が、痛いほどに張り詰めている。かぷりと深くまで含まれ、引き出されるたびにもっと欲しくて腰が浮き上がった。狩納の口を追いかけようとするその動きに、恥ずかしくて泣きたくなる。

「んぁ、も、う…」

懇願をもらした綾瀬の内腿を、あたたかな手がそっと撫でた。やさしい動きに、腰が揺れてしまう。

「後ろもいじって欲しいのか？」

唇を浮かせた男が、舌の動きを加えながら囁いた。

「や…っ」

「嫌なのか」

身悶えた綾瀬に、狩納が面白くなさそうに舌打ちをする。だが本当に落胆していたとは、とても思えない。ぺろ、とこぼれ続ける腺液《せんえき》を舐めた男が、綾瀬の股座から顔を上げた。

「…ぁ…」

「本当に可愛げのねえ奴だな」

嘆息した男が、床からなにかを拾い上げる。綾瀬の手から滑り落ちていた脚本を、狩納がぱらりと捲った。

「お前は、これを読んでねえんだったな」

狩納の意図が摑めず、綾瀬が荒い息のまま男を見る。狩納の唾液でぬれた性器が、痛いくらい脈打っていた。両手で握ってしまいたくて、爪先がひくつく。

「気になるだろ。どんな内容か」

「え…？」

「…って、やっぱただのAVじゃねえか。祇園の野郎も、悪趣味なことを考えやがるぜ」

ただどころか、文字通りぬれ場しかねえな。

脚本を眼で追ったらしい狩納が、そう渋面を作った。ぞっと血の気が引いて、綾瀬が固い床をずり上がろうとする。

厳つい男の手が、薄い体をずるりと引き寄せた。

「それでもお前を躾《しつ》けてやるには、これくらいが有効なのかもな」

「やっ、あ」

尻の隠しを探った狩納が、銀色のパウチを取り出す。鈍く光を弾くそれがなにか、今更問うまでもなかった。

こんな床の上で、狩納は本当に体を繋《つな》ごうというのだ。

戸惑う綾瀬に、男が至極当然だと言いたげに顎をしゃくった。

「うつぶせになって、尻を出せ」

「あ、狩……」

やめましょう。そう声にする前に、狩納が自らの首筋を右手で掻いた。その眼が再び、脚本を辿る。

「嫌か？　コイツじゃお前は俺に賭けで負けて、言われりゃあどんな格好でもするらしいぜ」

どっかで聞いたことがある話だな。

眉根を寄せ、狩納が手にしていた脚本を床へ放った。クリップが外れ、解《ほど》けた紙の束が床に散らばる。

「そ、そんな…！」

先日の記憶を蘇らせた綾瀬を、逞《たくま》しい腕が簡単に引っ繰り返した。尻を引き上げられ、否応なく四つん這いの姿勢を取らされる。

「狩…！　放し…」

「自分で服を捲れ」

ぺち、と軽く尻を張られた。投げ出されたままの性器が、下腹でぷるんと揺れてしまう。

「脚本にある通り、お前も賽子を振りてえか？」

散らばった紙を、狩納が顎で示した。卑猥な喘《あえ》ぎ声を描写した文字が目の前に飛び込み、綾瀬は息を詰めた。

「賽子振って、出た目でお前をどう犯すか決めるらしいぜ。本気で阿呆だな、祇園の野郎」

嘲《あざけ》りというより、心底から呆れているのだろう。眼を眇《すが》めた狩納が、それでも脚本の一枚を拾い上げた。

「二の出目は、お前にぶっとい張り型突っ込むんだってよ」

試すか、と当たり前のように尋ねられ、悲鳴がもれる。

「や…っ、そんな、こと…」

「俺もいきなりお前の穴に、でっけえバイブぶち込もうとは思わねえぜ？　怪我《けが》させてえわけじゃねえからな」

さも救いの手を差し伸べてやると言いたげな口振りで、狩納がふるえる腿を撫でた。同情を寄せるように響くその声は、勿論脅しでしかない。分かっていても、綾瀬に選択肢などなかった。

「っ…」

鼻腔の奥を、冷たい痛みが刺す。

辛《つら》いのに、じんじんと勃起したままの性器が熱く疼《うず》いた。ふるえる指で、皺《しわ》になった寝間着を摑む。狩納によってすっかり釦を外された寝間着は、辛うじて腕に引っかかっているにすぎない。だが四つん這いになった尻を、裾《すそ》がどうにか隠してくれていたのだ。

これを、引き上げればすむ。ただそれだけのことなのに、踏ん切れない綾瀬の尻をもう　度男の手が張った。ぺちん、と軽く響いた音に、綾瀬、と名前を呼ぶ声が重なる。

逃げ場は、ない。意を決し、綾瀬は後ろ手に薄い布を引き上げた。

「…っ…」

「やればできるじゃねえか」

褒《ほ》めた男が、いきなり尻の割れ目に指を入れてくる。ぬる、と下から上へと指を使われ、直接触れられた尻穴が締まった。

ぬりつけられたローションの冷たさに、詰まった声がもれる。

「あ、あ……」

「この調子じゃ、自分からバイブ突っ込んでくれって強請《ねだ》るようになれるんじゃねえのか」

ひくついた尻の穴を覗き込み、狩納が笑った。

嫌だ、と声に出すこともできない。尻の割れ目を縦に動いていた狩納の指が、すぐに尻穴へと食い込んでくる。

「ひっ、あぁ…っ」

器用に捻《ひね》られると、ローションにぬれた指がずるりともぐった。綾瀬の緊張を和《やわ》らげようというのか、もう片方の手が腰を撫で胸をさすってくる。

「…っ、ん、あ、そこ……」

厳《いか》つい指に乳首を転がされ、びくっと大きく背中が波打った。逃れようと腰を引くと、逆に尻をいじる男へ体をすり寄せる形となってしまう。面白がるように指を回され、どちらの刺激に集中していいのか分からない。

「『そんな指使いじゃイけない』って、言ってみろ」

先程口で刺激された右の乳首を、人差し指でくいくいと引っ掻かれる。耳の裏側で囁かれ、綾瀬は涙の滲《にじ》む目を瞬かせた。すぐ鼻先に、クリップを失った脚本が散らばっている。その一枚に、狩納が口にした通りの科白が印字されていた。

「な…、や……」

「だったら、五の出目ってやつでも試してみるか」

乳首をくすぐった指が、真っ直ぐに腹の下へと降りてくる。先程中途半端に口であやされた綾瀬の陰茎は、刺激を取り上げられた今も力を失ってはいない。それどころかたらたらと腺液をこぼしながら、射精したそうにふるえていた。

「あっ」

ひくつく肉を掌で包まれ、もっと欲しがるように腰が動いた。だが甘ったるい刺激は、そこまでだ。力の強い男の手が、ぎゅっと根本から性器を握り込んでくる。

「んんぁ、ふっ…」

このまま扱《しご》いて、射精させて欲しい。

口腔粘膜での溶けるような気持ちよさとは違うが、今はすぐにでも射精してしまいたかった。わずかでも腰を揺らして刺激を得ようとした綾瀬に、狩納の手が握力を強くする。

「ああっ」

痛みとは、違う。だが腹の底を撲《う》たれるような重い刺激に、声がもれた。

「五の出目は、こいつを紐《ひも》で飾るんだとよ。射精はできなくなっちまうなァ」

紐で、どう締めつけるか。

それを教えるように指の輪を狭《せば》められ、がくがくと膝がふるえる。射精できないほどきつくなにかを巻きつけられる苦しさを、綾瀬は身を以《もっ》て知っていた。その気持ちよさと共に、目の前の男に教えられたのだ。

「や…、あ、それ…」

「だったらどうすんだ」

にゅるりと、尻に埋まったままの狩納の指が前立腺を掠める。性器をいじられるのとは違う気持ちのよさに、綾瀬は固い床に爪を立てた。

性交の最中、猥褻《わいせつ》な言葉を強要されるのは勿論これが初めてではない。だがこんなふうに、筋書きに添ってなにかを口にさせられたことはこれまでなかった。性器を握っていた手が、気紛れにずるりと動く。腰を擦り寄せようとすると、それは迷いもせず性器から離れてしまった。

「あ…」

「『俺がどこで感じるか、もう忘れたんですか。奥の方じゃないと、俺はイけないんですよ』だとよ」

尚も皮肉気に、男が科白を読み上げる。

「ぅあ…、やめ…」

「八の出目でもいいぜ。こいつはお前のちんこだけじゃなく…」

「っ、やっ…、ぁ……、く、…し…て…」

急かされるまま、声にした。しかしそれは、蚊が鳴くようなものにしかならない。ぶるっとふるえた綾瀬の尻穴に、二本目の指が割り込んでくる。

「っ、あ、ひァ…っ」

「なんだって？」

無慈悲にも聞き返す男が、ぐに、と尻穴で指を回した。ごつごつと厳つい指が、弱い場所の真横を掠める。もう少し、奥。ふっくらとした器官を腸壁越しに押し潰されたら、どんなに気持ちがいいか。

どうしたって、考えずにはいられない。それよりずっと深い場所も、同じように気持ちがいいことを綾瀬は十分に知っていた。

「う…う、あ、……奥、の、方…」

絞り出すように訴えた途端、甘い痺れがじんわりと背中を包んだ。羞恥なのか、快楽なのか。張り詰めたままの性器までが、ぴくんと撥ねた。

大きな手が、再びそこに伸びる気配がする。狩納の体温が近づく予感だけで、射精してしまいそうに鳥肌が立った。期待に息が乱れて、指を呑み込んだ尻穴がきゅうっと締まる。ぬれた掌でもう一度性器を包まれた瞬間、甘えきった息が鼻からもれていた。

「…ん、うぅ」

「違えだろ。ちゃんと言え」

叱《しか》った男が、手のなかの性器を上下に揺らす。直接性感に繋がりそうにない刺激にさえ、腰が撥ねた。もっとしっかりと擦って欲しくて、白い尻がふるえる。

「あ…、…指、……あ、そこ、じゃ、イけ、ない…っ」

どんな科白だったか、綾瀬は熱でとろけそうになる思考で懸命に辿った。

「続きは？」

先を促されるということは、口にしたものは正しかったということか。安堵に背骨が崩れて、綾瀬は唇を開いた。

「…ぅ、…あァ、俺、奥、じゃ…ないと、イ…、な……」

「欲張りな奴だな」

それは、脚本にある科白なのだろうか。

自分の強欲さを責められ、声の冷たさにぶるっと鳥肌が立った。鼻腔の奥に痛みを感じるより早く、性器を包んだ手を動かされる。

先端に指を引っかけて裏筋をくすぐられると、堪《た》えていたものが一息に迫り上がった。気がつけばもう一本、尻穴に太い指が埋まってくる。苦しいと悶えたはずなのに、性器に与えられる気持ちよさに頭が煮えた。

「あァっ、ひ…」

狩納の手も台所の床も、汚してしまう。

分かっていても、止められなかった。厚い男の掌に先端を擦りつけて、射精する。放出を促すように陰嚢《いんのう》まで撫で転がされ、がくがくと内腿がふるえた。

このまま突っ伏して、崩れ落ちてしまいたい。誘惑に力が萎《な》えたが、床に体を投げ出すことはできなかった。尻に埋まったままの指が、引きつる穴をくにくにと引っ掻く。先程まではぐらかされていた敏感な場所を真上から捏《こ》ねられ、気持ちのよさが腹を撲った。

「ひ、あ、待っ…、待っ、て…！　狩納さ…」

気持ちいいが、同じだけ辛い。射精の衝撃が収まるより先に前立腺をぐりぐりと揉まれ、声を抑えることができなかった。

「ああっ、あー…、やっ」

これ以上は、無理だ。そう思うのに、左右からふっくらと腫《は》れた場所を挟まれると射精したばかりの性器がひくつく。四つん這いで悶える綾瀬の尻に、どん、と重い体が当たった。衝撃に、体が前のめりに揺れる。まるで陰茎を挿入され、突き上げられたような動きだ。

想像に、指を呑んだ肉がうねる。ベルトを外す音をわざとらしく鳴らした男に、もう一度逞しい大腿ごと、とん、と腰骨をぶつけられた。

「ぅあ…っ…」

「欲張りなテメェは、指で掻き回されたぐらいじゃ足りねえんだろ」

気持ちのいい場所は、特にな。

そう笑った男が、脚本から拾い上げた科白を新しく耳へと注いでくる。無視することは、できなかった。操られるように、与えられた科白を舌で辿る。

「…あ、俺の、好きな、場所…、覚え…」

「覚えてるぜ？」

教えられた通りに繰り返せなければ、上手くできるまで訂正させられた。

一秒でも早くこの熱から救われたければ、男に従う以外術はないのだ。

「…っ…、だった、ら、ここ、に…」

汗にぬれた額を、床に押しつける。ふるえる綾瀬の右手が、自分の尻臀をぎゅっと摑んだ。すぐ背後に陣取る狩納に、そこがどんな形に拡がって見えているのか。想像するだけで、ぞわりと首筋の産毛が逆立った。

「ここに？」

先を促す男が、ずるりと尻の穴から指を引き抜く。節の高い指が失せると、それだけで腹の底に頼りなさを覚えた。だが惜しむ声をもらす間もなく、熱い肉が粘膜へと密着してくる。膨《ふく》れきった狩納の亀頭が、ぐちゅっと音を立てて尻穴を上下に捏ねた。

「ん、…早く、…ぁ、太い、の…っ…」

脚本に書かれた通りの言葉を、唇が繰り返す。

背後の男が、低く笑う気配があった。耳を塞《ふさ》ぐこともできないまま、ぬぶ、と充実した肉が尻穴へと沈んでくる。

「ひっ、っあ、ぁ…」

ぴっちりと粘膜を拡げて進む肉に、痩せた体が悶えた。だが大柄な男に伸しかかられてしまえば、身動《みじろ》ぎさえも難しい。慎重に、しかし一息に押し入られ声がもれる。

一杯に、詰め込まれていた。息も吐けないくらい満たされて、指先一つ動かせない。ほんの少しでも動けば、熱い肉に内側から食い破られてしまいそうだ。

「……もっと、あ、奥…」

それでも、耳へと注がれる言葉に容赦《ようしゃ》はない。

脚本の科白を吹き込まれるたび、薄い胸が喘いだ。自分では絶対口にしないはずの言葉が、自分自身の唇からこぼれ落ちる。

「もっと奥か？」

呆れたように尋ねられ、腰が強請るように左右に揺れた。言葉を促しているのは、狩納だ。それなのに、自分が自分でなくなってしまう。いや、これは本当に、綾瀬以外の誰かの言葉なのだろうか。

「知って、る、はず…、全部、掻き回し…、て…っ」

挑発的な言葉さえ、懇願の響きを帯びる。

嫌だ。そう思っているはずなのに、射精したばかりの性器までが甘く疼いた。

「『気持ちいい』」

低く教えた声が、首筋をやわく噛む。ごり、と張り出した肉に前立腺を押し潰され、薄い背中が反り返った。

「あ…」

「『いい』、だ」

覆い被さる男が、耳元で繰り返す。

気紛れに耳殻《じかく》を齧《かじ》られると、ぞわりと首筋を痺れが包んだ。それはすぐに、下腹の性感に直結してしまう。

耳元で笑った狩納の息も、気がつけば浅く乱れていた。狩納も、興奮しているのだ。それを考えただけで、ぶるっと腰がふるえてしまう。

「い、い…っ」

大きな掌が、床に擦りつけられた綾瀬の顎を押し上げた。唾液と涙とで汚れた頬を、べろりと熱い舌で舐められる。

「『ずっと……』……」

耳元で、男が唸った。

力強い鼓動が、密着した体越しに伝わる。大腿をぶつける勢いでもぐり込まれ、押し出されるように声がもれた。

「…ぁっ」

ずっと、と科白を繰り返そうとした綾瀬が、悲鳴の形に唇を開く。ぬれた頬《ほお》に顎をすり寄せた男が、舌打ちを鳴らした。だがそれは、上手く復唱できなかったことを責めるものではない。

読み上げようとしていた科白を、狩納が嚙み殺す。

だがそう感じたのは、全て綾瀬の錯覚だったのかもしれない。ぐぶ、とぬれきった音を立て、男が痩せた体を突き上げた。

「ぁあっ…」

苦しいくらい膨れた陰茎が、深い場所を掻き分ける。前立腺や精嚢、そのもっと奥までをごりごりと押し潰され、もう上手く息もできない。奥、と何度も綾瀬が望んだ通り、肌に陰毛がこすれるほど深い場所を捏ねられた。

射精の瞬間とは違う興奮が、ぞわぞわと腹を炙《あぶ》る。開きっぱなしの唇に、荒い息が重なった。噛みつくように唇を塞がれ、甘い痺れが背中を包む。

「綾瀬…」

自分を呼ぶ声を間近に感じ、綾瀬は絶頂感に身をふるわせた。


四角いエレベーターが、世界を切り取る。

目的の階に到着するや否や、綾瀬は扉の隙間から通路へと飛び出した。しかしながらその速度は、決して速いとは言いがたい。よろよろとふらつきながらも、綾瀬は懸命に一つの扉を目指した。

帝都金融《ていときんゆう》。

見慣れた看板が、綾瀬を出迎える。一年前の綾瀬なら、決して関わりを持つことなどなかっただろう会社だ。しかし今ここは、綾瀬のアルバイト先でもあった。

「すみません！　遅くなりました…！」

乱れた息もそのままに、深く頭を下げる。

受話器を置いた久芳誉《くばほまれ》が、驚いたように綾瀬を見た。

「お疲れ様です」

久芳は、狩納が事務所を開いた当時からここで働いている従業員の一人だ。いつでも冷静に仕事を処理してゆく姿は、綾瀬にとって一番の手本だった。

「遅刻してしまって、本当にすみません」

改めて、頭を下げる。

時刻はすでに、午前十一時をすぎていた。九時半には出勤する予定だったのだから、一時間半以上も遅れたことになる。目が覚めた時にはすでに、取り返しようのない時刻だったのだ。

「大丈夫ですよ。ご連絡もいただいていましたから。それより、少し座って休まれてはいかがですか」

まだ胸を喘がせている綾瀬を、久芳が気遣う。とんでもない、と首を横に振った綾瀬に、久芳が未分類のファイルを手渡した。

「では、落ち着かれたらこちらをお願いします。確認が必要な住所もまだそれほどありませんから、ゆっくりで大丈夫です」

「本当に、すみませんでした…」

繰り返し頭を下げた綾瀬に、久芳が無理はしないよう念を押す。

久芳は決して、多弁な男ではない。むしろ口数が少なく、表情の変化にも乏しかった。だがこの男がいつだって自分を気遣ってくれていることを、綾瀬は痛いほどに知っていた。

再び鳴り始めた電話に、久芳が手を伸ばす。まだ早鐘を打っている心臓のまま、綾瀬は椅子を引き寄せた。腰を下ろそうとして、低く呻く。

ぎしりと、音を立てそうに関節が痛んだ。

事務所に到着できて、ほっとしたせいだろうか。股関節から背中、脹《ふく》ら脛《はぎ》に至るまで、意識すれば体のあちこちが鈍く痛んだ。理由は、一つしかない。長い時間固い床に引き据えられ、揺さぶられたせいだ。

「綾瀬さん？」

椅子を引いたきり動きを止めた綾瀬を、久芳が訝《いぶか》る。保留になっているらしい受話器を手に、心配気な視線を向けられた。

「な、なんでもありません…っ」

「もしよければ、先に社長室の片づけをお願いできませんか。先程のお客様用のコーヒーを、まだ下げていないんです」

男の視線が、扉で隔《へだ》てられた社長室を振り返る。頷き、綾瀬はふらつく足で立ち上がった。

「分かりました。お客様はもうお帰りですか？」

「はい。社長も外出中です。急ぎませんから、できれば掃除もお任せできますか」

扉の向こうにある社長室に引っ込んでしまえば、誰の視線も届かない。しばらくは、一人で休んでくるといい。久芳が言外にそう促してくれているのは、綾瀬にも分かった。だが遅刻をした上、これ以上甘えていいわけがない。素早く作業を片づけるつもりで、綾瀬ははい、と応えて事務所を横切った。

「失礼します」

無人と分かっていても声をかけ、厚い扉を開く。

マンションと同様に、整然と整えられた社長室からは微かに煙草の匂いがした。

狩納の、匂いだ。思い至った途端、昨夜の記憶が蘇りそうになる。慌ててそれを振り払おうとして、綾瀬はあることに気がついた。

正面に置かれた狩納の机《デスク》に、厚みのある封筒が載っている。

それ自体は、特別なことではない。だが少しよれた封筒には、見覚えがあった。

「な…っ」

体の痛みも忘れ、思わず狩納の机へと吸い寄せられる。ふるえる手で、綾瀬は封筒を取り上げた。

「これ……」

間違いない。

今朝目を覚まし、真っ先に頭に浮かんだのはこの脚本のことだった。

絶対に、捨てなければいけない。

冷蔵庫になど隠さず、あの時捨ててしまえばよかったのだ。何度悔いても、遅すぎる。だが、今からでも遅くはない。あれがある限り狩納がどんな気紛れを起こし、昨夜以上の恥辱を強《し》いてくるかも分からないのだ。もしかしたらまかり間違って、脚本を映像化してもいいと言い出すかもしれない。

自分の想像に、ぞっとする。

そうなる前に、諸悪の根源である脚本を葬《ほうむ》ってしまわなければいけない。その必要性に駆り立てられたが、脚本のありかは分からなかった。それどころか意識がはっきりするにつれ、綾瀬は重大なことを思い出したのだ。

アルバイト。

正気に返って時計を覗き込んだ瞬間、綾瀬は寝台を飛び出していた。

「事務所で捨てたら、ばれちゃうよね…」

脚本を握り締める手に力を込め、唸る。

狩納の持ち物を、勝手に捨てようというのだ。相応の覚悟が必要となるが、しかしこのまま野放しにしてはおけなかった。いっそのこと、灰皿で燃やしてしまおうか。思い詰めるまま、封筒を目で辿る。

「窓から、捨てるとか…」

いや、人目につく危険は絶対に犯せない。どうしたものかと思案し、綾瀬はふと一つの疑問に行き当たった。

この場には、まるで無関係に思える疑問だ。

昨夜、狩納は脚本の科白を拾い、綾瀬に卑猥な言葉の数々を強要した。しかしそのなかで一つだけ、男が言い淀んだ言葉があったのではなかったか。結局狩納は、その科白を呑み込んだ気がする。

何故唐突に、自分がそんなことを思い出したのかは分からない。そもそも綾瀬が思い違いをしているだけで、そんな事実さえなかったかもしれないのだ。

「…『ずっと……』？」

断片的に残る男の声を、繰り返してみる。

それに続く科白は、なんであったのか。

別段、知らなければいけないことではない。むしろそれを知ってしまえば、今以上の不幸に見舞われる可能性こそが高かった。

だってそうだろう。この好奇心こそが、失敗の種だったのだ。

こく、と細い喉が鳴る。

駄目だ。分かっているのに、綾瀬はそっと戸口を振り返ることを止められなかった。慎重に窺うが、人の気配はない。ごく、ともう一度喉を鳴らし、綾瀬は開いたままの封筒から脚本を引き出した。

現れたのは、予想した通りの題字だ。

紙を束ねていたクリップは失われ、手酷い扱いによって脚本は破れたり皺になったりしてしまっている。何故《なぜ》、そうなったのか。綾瀬は誰よりもよく、その理由を知っていた。

「やっぱり、止めとこ」

教訓は、活《い》かさなければならない。食堂の椅子の上で脚本を見つけたあの時好奇心に打ち勝っていれば、あんな目に遭わずにすんだかもしれないのだ。頷き、脚本を戻そうとしたその時、綾瀬はぎくりとして息を詰めた。

「…そんなに気に入ったのか。そいつが」

響きのよい低音が、溜め息と共に背中へ落ちる。

決して、強い響きではない。だが雷に打たれでもしたように、背中へと冷たい汗が噴き出した。

「か、か…、狩……」

声の主が、誰か。そんなこと、振り返らなくても分かる。

分かってはいるがこぼれそうなほど瞳を見開き、綾瀬はぎこちなく戸口を振り返った。

「どうして、ここに…」

外出していたのではなかったのか。扉が開いた気配など、全くなかった。だが巡らせた視線の先には、見間違えようのない男が立っている。

「戻ってみたら、お前があんまり熱心にそいつを見てやがるもんだからよ。面白くなってな」

顎で示され、綾瀬は再びぎょっと息を詰めた。ぎゃっと声を上げずにすんだのが、不思議なほどだ。

握ったままでいた脚本に気づき、まるで火でも摑んでいたかのように机へと放る。

「こ、こここここれは」

「また博打を打ちたくなっちまったのか？　そいつには賛成できねえが、畳の上でヤるってのは悪くねえかもな。お前の浴衣《ゆかた》捲り上げて賽子の目でイかせる回数でも決めるか」

「な…っ！」

ゆっくりと歩み寄った男が、にや、と唇の端を吊り上げた。

「祇園も、しつこく脚本を置いていった甲斐があったわけだな」

同意を求められ、綾瀬がちぎれそうなほど首を大きく横に振る。そんなわけない。だが全身で否定を示す綾瀬にも、狩納はにやつきながら腕を伸ばすばかりだ。

「絶対、絶対違います…っ！　もう、博打もしません…！」

「でもこいつが気に入ったのは本当だろ。捨てちまうつもりだったが、お前が欲しいんならくれてやるぜ？」

両腕を突っぱねて暴れるが、逞しい腕に易々と引き寄せられる。唇が触れそうな距離で囁かれ、綾瀬は大きく首を反らせた。

「誰が、こんな…っ」

欲しくなんか、ない。

声を張り上げようとして、気づく。

突然抵抗の力をゆるめた綾瀬に、狩納が不思議そうに眉を吊り上げた。

「どうした？」

「……本当に、俺に、くれるん、ですか…？」

ふるえる声で、尋ねる。訝しげに眉を寄せた狩納が、それでも鷹揚《おうよう》に頷いた。

「おう、いいぜ。また冷蔵庫にでも入れて冷やしておくか？」

皮肉が終わるのを待たず、飛びつくように脚本を掴む。いつにない綾瀬の素早さに、狩納が軽く眼を見開いた。

「もう、冷蔵庫には隠しません…っ」

驚く男を正面に見据え、綾瀬がぎゅっと脚本を握る。

「俺のものになったんだから、もうどうしたって、俺の勝手ですよね…!?」

最初から、こうすべきだったのだ。

涙が滲《にじ》みそうな目で、男を見上げる。泣きたい気持ちごと、綾瀬は屑籠《くずかご》へと脚本を投げ入れた。


「久芳さん、ほんまに知らん？　めちゃめちゃ大事なもんなんやけど」

地の底を這うような声で、祇園寅之助が呻く。今にも死にそうな顔色のまま、祇園がよろよろと事務所を歩き回った。

「あかん、ダメージでかすぎや…。ほんま、ほんま傑作なんですわ。AVとは一味違うんですわ。ハリウッドからオファー殺到間違いなしのこれ以上ない愛にあふれた感動巨編の台本で…」

「はあ」

明らかに気のない返事を返し、久芳誉が席を立つ。

「なんで俺、あないなことしてもうたんやろ…ッ。一生の不覚や。保存しといたCD踏み割ってまうやなんて…！　急いどったから印字も兄さんの分しかしてへんかったし、ハードにも残ってへん…」

思い出したら再び衝撃が蘇ってきたのか、祇園が鼻を鳴らしながらシャツの裾で目尻を拭った。

「後生ですわ。ほんま頼みます。見つけたら、絶対絶対連絡してな…！　ほな、お邪魔しました」

この後に予定が入っているらしく、時計を確かめた祇園が後ろ髪を引かれながらも事務所を後にする。涙目で何度も念を押され、久芳は分かりましたと応えた。

しかし実際のところ、業務外の用件を持ち込まれるのは邪魔なだけだ。営業時間外となれば、尚更だった。久芳は祇園にも、彼の探し物にも関心は更々ない。顔色一つ変えず祇園を送り出し、久芳は社長室へと足を向けた。

祇園が探しているのは、脚本らしい。先日狩納北の元へ持ち込んだものの原本を、ふいにしてしまったと言う。今夜はすでに狩納は残っておらず、結局書類のありかは分からなかった。

そんなもの、どうせすでに捨てられてしまっているだろう。狩納がわざわざ手元に残しておくとも思えない。探してやる気など毛頭なく、久芳は完成した資料を手に社長室の扉をくぐった。

久芳の目下の関心事は、一つしかない。事務所でアルバイトをしている、綾瀬雪弥の体調だ。

綾瀬はアルバイト社員であると同時に、社長である狩納の情人でもある。むしろ情人を事務所で働かせている、と言った方が正しいか。最初から、公然の秘密というものだ。

しかし当の綾瀬は特別扱いを望むどころか、誰よりも熱心に日々仕事に打ち込んでくれている。そんな綾瀬が、今日は二時間近く遅刻をした上、昼頃には早退してしまったのだ。

原因は、簡単に想像がつく。

ぎりぎりと奥歯を噛んでいた自分に気づき、久芳は苦々しい息を吐いた。

華奢《きゃしゃ》な綾瀬は、元々あまり体が丈夫ではないらしい。それがあんな男と暮らしているのだから、体調だって崩すだろう。狩納は長身の久芳から見ても、大柄で逞しい男だ。そんな男の腕にすっぽりと抱えられ、事務所を後にして行った綾瀬の姿が脳裏を過《よぎ》り、久芳は再び奥歯を噛んだ。

もし自分が社長室の片づけを頼まなければ、展開は違っていたのだろうか。

狩納が帰社した直後、わずかな小競り合いの気配と共に社長室は沈黙に包まれた。厚い扉に阻《はば》まれ、なかでどんな遣り取りがあったかを窺うことはできない。しかし逐一もれ伝わってきたとしたら、絶対に心安らぐものでなかったのは確かだ。

舌打ちをしたい気持ちで、手にしていた書類を狩納の机へと並べる。その視線が、ふと足元の屑籠に留まった。

いつもは机の左側に置かれている屑籠が、今夜は乱雑にずらされている。位置を正そうと屈み、久芳は眉間の皺を深くした。

綾瀬が掃除したはずの床に、破れた封筒が落ちている。拾い上げ捨てようとして、久芳は動きを止めた。

「……これのことか？」

紙の束が、無造作に屑籠へと突っ込まれている。シュレッダーにもかけられておらず、仕事上の書類とは思えない。普段の久芳であったら、そんなものに触れようとは思わなかっただろう。だがさめざめと泣いていた祇園を思い出し、思わず一枚をつまんでいた。

屑籠に詰め込まれた紙は、どれも汚れて皺になっている。引きちぎられ、丸められているものもあった。こんな乱暴な扱いをするのは、狩納しかいないだろう。

「……ぬれぬれ壷振り。出た目で犯して…」

祇園が探していた、脚本とやらに間違いない。だが今となっては、文字通りの紙屑だ。

「『狩納「これが十二の出目だぜ。たっぷり食いな」。綾瀬「ああ、すごい。…まだ覚えてくれてるでしょう。俺のイイとこ。全部、掻き回して」。狩納「腰、前より上手に振れてるぜ」。綾瀬「奥まで当たってる、気持ちがいい」。狩納「俺もだ」。綾瀬「ああ、狩納さん俺、離れてても、いえ、初めて会った時からずっと……』……」

平淡な声で、拾い上げた文字を読む。平素から感情的とは言いがたい久芳の声音から、殊更《ことさら》抑揚が失せていた。

「……『ずっと、好きだったんです』」

読み上げた最後の一文に、侮蔑《ぶべつ》の響きが籠もる。

「なんだこれ」

祇園は、感動的な愛の物語だと言っていなかったか。聞き間違いでなければ、AVでないとも言っていた。祇園は感動巨編の脚本を書いたつもりで、結局は下らない長編三文AVの脚本を仕上げていたということか。なんであれ興味はないし、第一あまりに陳腐すぎる。

ずっと好きだと、言われても。

失笑ものだと一蹴し、久芳は紙屑を放ろうとした。

しかし。

しかしもしこれが、綾瀬の唇からもれた言葉であったなら。

胸に湧いた想像に、久芳は不覚にも息を詰めた。

莫迦《ばか》らしいとしか言えない言葉ですら、綾瀬から向けられたものであったなら、自分はこれ以上ない幸福を覚えるのではないか。抗いがたい誘惑に、久芳は手のなかの紙屑を見下ろした。

あの、唇が。

もう一度思い描いたその瞬間、久芳は握り締めていた紙片から指を解いた。一体自分は、なにを考えているのだ。

祇園ごときが書いた紙切れ一つで、幸せを得るなど愚の骨頂《こっちょう》ではないか。しかもその幸福は、現実からかけ離れた妄想ときている。そんなもので満足していたら、いつまでたっても負け犬のままでしかない。

奥歯を噛み締め、久芳は誘惑ごと紙片を屑籠へと押し込んだ。

comic
香坂 透
命令しろという命令
今から主従逆転でおまえがご主人様だ
命令してもいいぜ
え!? とっ 突然そんなこと言われても
命令しろつってんだろ早く言えやコラ
……
え…えーと
じゃあ…
ひ…一晩に何回もするのを禁止す
却下
ダメ出し
じゃ…じゃあ人前でするの禁…
却下
へ…変な道具使うのを禁…
却下
…命令をきく気はあるんでしょうか…?
きいてほしけりゃもっと俺好みの命令にしろ
……

SはMの奴隷 ①

TOHRU
KOUSAKA

そ…それは
確かに
自分の要望だけを
押しつけるのは
よくないとは
思いますけど
でも
そのとおりだ
おまえにもようやく
ご主人様のなんたるかが
分かってきたようだな
ただ欲望のままに
命令して好き放題
すりゃいいって
もんじゃねえ
逆だ！
本来ご主人様とは
奉仕者であるべき
なんだよ
奴隷の望みを
的確に汲み取って
それを提供する
それができてこそ
真のご主人様だ
実際俺は
今まで
そうしてきた
なっ…
まっ まさか今までの
あんなことや
こんなことは俺が
望んでたからだ
とでも…!?
おう
いつも最後には
イイとかもっととか
言うじゃねえか おまえ
奴隷本人も
気づいてなかった欲望を
引きずりだしてやるのも
ご主人様の務めだぜ
……

SはMの奴隷 ②

あとがき

この度は『お金は賭けないっ』をお手に取って下さいましてありがとうございました。やくざな金融屋と、借金の形に買われた大学生のお話となります。今回はまさかの奴隷プレイを書くことができてとても楽しかったです…！

素敵な表紙に口絵に挿絵に四コマにと、たくさん描き下ろして下さった香坂《こうさか》さん、ありがとうございました！　四コマは当初狩納《かのう》に首輪を描いてもらっていたのですが、相当危険なブツでしたので現状になりました。首輪の破壊力もご馳走様でした。

初出時にご尽力下さったみゆき様、新書化にあたり最後までお力をお貸し下さったなお様。そして常に呑み難い要求を笑顔で丸呑んで下さるS様…！　皆様のお力添えでこうして形にしていただくことができました。本当にありがとうございます。

最後になりましたが、皆様に心からお礼申し上げます。狩納と綾瀬《あやせ》のお話をこうして書かせていただけるのも、お手に取って下さる皆様のお蔭様です。また二人を書かせて頂ける機会を得られますよう、応援いただけましたら嬉しいです。ご感想などお聞かせ頂けましたら、飛び上がって喜びます。

篠崎一夜《しのざきひとよ》

http://sadistic-mode.or.tv/（サディスティック・モード・ウェブ）